"... HAVIA SOLIDÃO E SILÊNCIO, NINGUÉM ENCHIA O SACO DELA, A FERA PROVIDENCIAVA TUDO E AINDA FAZIA O FAVOR DE NÃO APARECER; NÃO QUERIA ASSUSTÁ-LA."

CARLOS HEITOR CONY

CRÔNICAS PARA LER NA ESCOLA

OBJETIVA

rua Cosme Velho, 103
Rio de Janeiro – RJ – CEP: 22241-090
Tel.: (21) 2199-7824
Fax: (21) 2199-7825
www.objetiva.com.br

Capa e projeto gráfico
Crama Design Estratégico

Imagem de capa
Custódio Coimbra/Agência O Globo

Direção de design
Ricardo Leite

Design
Ana Cotta

Coordenação editorial
Isa Pessôa

Produção gráfica
Marcelo Xavier

Revisão
Ana Kronemberger
Juliana Souza

Editoração eletrônica
Abreu's System

CIP-BRASIL. CATALOGAÇÃO-NA-FONTE
SINDICATO NACIONAL DOS EDITORES DE LIVROS, RJ

C784c
Cony, Carlos Heitor
Crônicas para ler na escola / Carlos Heitor Cony. - Rio de Janeiro : Objetiva, 2009.

156p. ISBN 978-85-7302-958-1

1. Crônica brasileira. I. Título.

09-1753 CDD: 869.98
CDU: 821.134.3(81)-8

CARLOS HEITOR CONY

PARA LER NA ESCOLA

APRESENTAÇÃO
MARISA LAJOLO

CRÔNICAS

Sumário

Apresentação

As 49 crônicas reunidas neste livro são como iluminações.

Cintilações rápidas, elas fazem brilhar por instantes um episódio qualquer, cotidiano e corriqueiro. Um episódio que poderia fazer parte da vida de todo mundo. Coisinha de nada, um apelido ("Tentativa de explicação dos apelidos", página 107), um bicho de estimação ("Mila", página 131), uma fantasia de Carnaval ("O morcego encantado", página 137), o cronista escava da memória sua crônica e... pronto! Lá tem o leitor sua dose diária de sonho e de fantasia.

Nas poucas linhas de cada trecho deste livro de Carlos Heitor Cony, o leitor mergulha na memória do cronista, que pescou de sua história — verdadeira ou inventada — situações, pessoas e objetos que lá estavam à deriva, à espera de virem à tona. Salvos do esquecimento, como passageiros salvos de um naufrágio, objetos, pessoas e situações voltam à vida na superfície da folha de jornal e depois nas páginas de um livro. E, finalmente, na memória dos leitores...

Neste gesto, Cony parece seguir os passos de Camões, que num belo poema do século XVI comentava que "as minhas coisas ausentes/ se fizeram tão presentes/ como se nunca passaram".

É nesta corrente de memórias compartilhadas que este livro concretiza uma vertente muito sofisticada do gênero "crônica". Crônica é aquele texto que costuma chegar à nossa casa no jornal diário, geralmente numa página fixa. Antigamente, porque ocupava a parte inferior da página, chamava-se "rodapé". A raiz da palavra "crônica" — isto é, sua etimologia — está firmemente ancorada na ideia de *tempo*. Na Grécia antiga, *Cronos* (de onde, remotamente, se deriva "crônica") era um deus — um deus relacionado à passagem do tempo, à idade dos homens.

É nesta linha que a obra de Carlos Heitor Cony — toda sua obra, e não apenas as crônicas — cresce muito. Como sugerem alguns títulos de sua vasta e variada bibliografia (*Matéria de Memória*, de 1962, e *Quase Memória*, de 1995), o tempo, a memória, a efemeridade da vida são temas constantes na escrita deste carioca morador da Lagoa e que chega a nossa casa pelos jornais.

Neste *Crônicas para Ler na Escola*, já tematiza o transcurso do tempo a crônica de abertura ("O buraco da memória", página 15). Retornam ao tema vários outros textos, inscrevendo lembranças e recordações na concretude de objetos ("O pião e a carrapeta", página 27), de personagens da vida urbana ("Nostalgia das galinhas", página 55) e de cenários ("Mistério e alucinação", página 119).

É assim que a habilidade do escritor resgata evocações e ficções antigas às quais o leitor — sobretudo o leitor jovem — atribui sentidos novos, tecidos com o entrecruzamento de tempos, de histórias, de vidas. A mestria de Carlos Heitor Cony nesta arqueologia de lembranças é grande. A crônica começa devagarzinho, uma palavra puxa outra, um objeto entra em cena ("Estojo escolar", página 31), um sonho acorda lembranças mais antigas ("Areias de Portugal", página 43), uma palavra chama a atenção por seus vários sentidos ("O mundo e o menino", página 155) e... pronto! Lá está a crônica acabada e linda!

E na crônica do cronista nasce a literatura, esta incrível capacidade da linguagem humana de reunir pessoas a partir de palavras escritas e de abrir janelas para o mundo.

Neste livro, o virtuosismo do escritor — e, a partir dele, o prazer do leitor — manifesta-se de muitas maneiras. Por exemplo, no modo inesperado como se conta uma história já conhecida ("A história mais bonita", página 153), ou como se harmonizam elementos aparentemente incompatíveis ("A bela e a fera", página 29), ou ainda a eleição de um ponto de vista que surpreende o leitor, como a apresentação insólita de Clarice Lispector, que já no título da crônica é evocada como "Lembranças do grande peixe fosforecente" (página 133).

Se, no entanto, memória e lembrança são matérias-primas da crônica, o gênero também se tece de molecagens, brincadeiras, humor. Pois o humor, como a literatura, nasce do estranhamento do que é conhecido, do deslocamento da perspectiva ou — como registra o título de uma crônica deste livro — do que se poderia chamar de acidente de percurso ("Acidente de percurso da química e da gula", página 21).

É difícil não achar graça e sorrir dos desencontros do narrador com a tecnologia ("Uma valsa no início da noite", página 65), com a provocação carioquíssima das "Teclas de acesso para entender o carioca (I)" (página 127) ou com a celebração da (pequena) vitória sobre a incompetência atávica com os números ("C'est la Guerre", página 57).

Este breve passeio pelos textos deste livro nos leva de volta à reflexão sobre a crônica.

Partilhando tanto da natureza da anotação rápida do escriba, que por dever do ofício tem de preencher um certo número de laudas em um espaço fixo de tempo, quanto da natureza da arte literária — que nos habituamos a conceber como fruto de vocação e criatividade —, a crônica é o gênero mais recente a ser incorporado ao cardápio de gêneros literários.

Ao lado e além de tecer-se da inspiração no cotidiano, de histórias e livros lidos, das lembranças do escritor, de personagens que com ele cruzaram ao longo da vida e que o esperam, de volta, em uma esquina qualquer, a crônica é um artefato de linguagem. É por isso que é literatura. Em "O fogão e a chuva" (página 45), Cony registra, de forma exemplar, a dimensão literária da crônica e a dimensão humana da literatura; trata-se da história do menino que descobriu que "... quando quisesse, poderia escrever o que sentia e até o que não sentia — escrever era coisa fabulosa. Melhor do que falar, porque quando se escreve é como se a gente falasse diversas vezes, primeiro consigo próprio, depois com os outros. Se houvesse outros".

E é claro que existem estes *outros*. Existem e são muitos. Somos todos nós, leitores — que saímos deste livro de Cony mais humanos e mais sensíveis, com um olhar mais calibrado para o mundo à nossa volta e os ouvidos mais atentos para a voz do *outro*, como a voz da menina que diz: "Quando crescer, quero ser dona das conchas do mar" (página 142).

Marisa Lajolo

O buraco da memória

Coisa misteriosa, para mim, é um buraco, qualquer buraco. Na infância, ficava intrigado: quanto mais terra tirava, mais terra havia. O buraco não acabava, a menos que eu fosse parar no Japão, que me garantiam estar bem embaixo do meu quintal, no Lins de Vasconcelos, mas do outro lado do planeta. Seria exagero, nada tinha a fazer no Japão.

Memória também é um buraco, quanto mais se tira matéria, mais matéria aparece. E, ao contrário dos buracos que fazia no quintal, nem adianta ir até o fundo, pois não há nada, nenhum Japão no fundo dela. Santo Agostinho dizia que a memória era o "ventre da alma". É por aí mesmo.

Mexendo em papéis antigos, dei com um dos testamentos que o pai fazia de vez em quando, nos raríssimos momentos em que não tinha nada a fazer. Eram muitos os seus testamentos, suas últimas declarações e vontades. Começava invariavelmente perdoando todos os seus inimigos — e ele nunca teve um inimigo. Não levava mágoas de ninguém, pois nunca se sentia magoado, um bom dia que recebia do vizinho ou do leiteiro era uma homenagem, um tapete vermelho estendido à sua frente. Acreditava que todos gostavam dele porque gostava de todos.

Não se lembrava de ter, voluntariamente, ofendido ou destratado quem quer que fosse e, se o fizera, pedia desculpas e prometia reparação — se houvesse tempo e oportunidade. Citava uma infinidade de amigos e conhecidos, dando um livro de sua biblioteca ou um selo de sua coleção a cada um deles como “penhor de sua amizade”. Pedia moderação nos funerais, nada de luxos e de prantos. Aceitava preces, confessava que tinha muitos pecados e deles se arrependia.

Foram vários os testamentos, todos mais ou menos iguais, somente as datas variavam. O último, feito pouco antes do fim, foi o mais enigmático, ele que não tinha enigma nenhum, era transparente e colorido como um vitral de igreja. Deixou um embrulho para mim, embrulho que nunca abri.

Foi a forma que encontrei para que ele continuasse perto de mim.

Os cavalos de Itaipava

Rouxinol, Paquetá, Chouriço, Aymoré, Lampião, Pombinho, Botafogo, Beija-Flor, Sultão, Pampa, Tamoio, Portugal, Mustafá, Cacique, Oberdan... O tempo passou, esqueci compromissos, deveres, parentes e amigos, esqueci até mesmo mulheres que não deveria esquecer, mas esses nomes ainda frequentam, cobertos de poeira, é certo, mas basta uma espanadela e eles ressurgem com suas cores, seus cheiros e manias.

Eram os nomes dos cavalos de nossa fazenda, em Itaipava, onde passávamos as férias de julho e — delícia das delícias — as de janeiro e fevereiro de todos os anos.

A fazenda ficava a légua e meia da estrada União-Indústria, que liga Petrópolis a Juiz de Fora. E, os cavalos, além de duas ou três charretes e de um imenso carro de boi, eram o único transporte que nos ligava à civilização, ao diabo, ao mundo e à carne a que nós havíamos renunciado, alguns definitivamente, outros provisoriamente, como a maioria, eu inclusive.

O carro de boi era puxado por dois deles, Marcante e Navegante, e, nos dez anos que lá estive, jamais consegui distinguir um do outro. O carro levava nossas bagagens e um ou outro aluno que não podia vencer a pé ou a cavalo a légua e meia que nos separava do asfalto. Nunca andei nele — um dos poucos motivos de orgulho que conservei durante os dez anos. Ser transportado pela dupla Marcante e Navegante era selo de ignomínia que se grudava na testa para sempre; nem mesmo o Facuri, que falava latim como Cícero e fazia poemas como Horácio, era levado a sério porque se tornara freguês habitual do carro do boi.

Eu pertencia à classe média. Nunca tive direito a ser guardião de um dos cavalos, honra que era exclusiva do altíssimo clero do seminário, de alguns padres e alunos que, por isso ou aquilo, eram considerados vestais, varões de Plutarco. Tomar conta do Pombinho, por exemplo, um cavalo todo branco, sedoso, de olhos avermelhados, era privilégio mais disputado do que a ida a Roma para fazer filosofia na Gregoriana.

Em compensação, tomar conta do Lampião, um cavalo preto e selvagem, era uma temeridade tão grande que ele ficou sem dono durante muito tempo, até que o padre Castro Pinto, um gaúcho de poucas palavras, mas de grande energia, tentou amansá-lo e foram os dois, padre e cavalo, parar no açude que movimentava o dínamo que nos iluminava à noite. Foi uma epopeia salvar os dois. Lampião ficou atolado numa poça de lama, padre Castro Pinto salvou-o, mas engoliu tanta lama que teve de descer a Petrópolis para fazer uma lavagem no estômago.

Eu precisaria ter o gênio, a paciência e a isenção de Tucídides para narrar aquela façanha, que em nossos anais ficou equivalendo à Guerra de Peloponeso, uma hégira, um nascimento de Cristo, duas eras históricas, a antes e a depois do Lampião. A morte do cardeal Leme, em 1942, foi um fato notável a. L., antes de Lampião. E a nomeação de dom Motinha para bispo de Campanha foi um dos eventos d. L., depois de Lampião. Eu mesmo, que operei as amígdalas naquele período, até hoje não me lembro se isso foi um passo importante de minha biografia antes ou depois de Lampião.

Mas voltemos aos cavalos, todos os reinos do mundo por um deles. Meu primo Aylton tinha o privilégio de tomar conta do Cacique, que pertencia ao alto clero cavalar, só superado pelo citado Pombinho e por Rouxinol, cujo dono era o padre Cipriano, que fazia uma política nefasta na hora de escolher quem iria passear no bonito alazão, um pouco gordo, mas valente e manso ao mesmo tempo, e que era disputadíssimo, principalmente quando Alceu Amoroso Lima, que havia entrado para Academia naquele tempo, passou uns dias conosco, dando um curso sobre Maritain, e teve o privilégio de usar Rouxinol com exclusividade.

Um filho de Rouxinol, nascido logo depois, não tomou o nome do grande pensador católico, mas ficou com o seu pseudônimo famoso: Tristão de Athayde. Dei algumas voltas nele, mas era muito alto e não o dominava inteiramente.

Meu preferido era Aymoré, com "y" mesmo, que era baixinho, tinha uma cor indefinível, era dócil por temperamento e faixa etária. Dei-me bem com ele, não o escolhi, ele é que me escolheu. Na hierarquia dos párias, somente Chouriço ficava abaixo dele, ninguém brigava por sair no Aymoré. Um dia, eu me resignei, levei-o até o vale da Boa Esperança, não o forcei muito e ganhei sua gratidão.

Lembro-me bem dele. Era feio, tinha um cheiro esquisito, dois olhos tristes que me olhavam com ternura — a ternura que eu lhe devolvia, pois ele me guiava, adivinhava as minhas possibilidades, escolhia as melhores trilhas, não era como Paquetá, que jogou o Zé Grande numa vala e ainda caiu por cima. Zé Grande, teve de operar a bacia, teve de fazer um enxerto, meses depois Paquetá apareceu de barriga estufada para cima, alguém o envenenara, Zé Grande quase foi expulso, mas provou sua inocência — da qual nem todos ficaram convencidos.

Botafogo, um tordilho elegante, também era do padre Cipriano. Quebrou uma pata e teve de ser sacrificado. Padre Cipriano chorou pelos cantos e, sete dias depois celebrou clandestinamente uma missa de sétimo dia pela alma de seu amigo. Eu o ajudei nessa missa sacrílega.

Acidente de percurso da química e da gula

Não sei bem por que, mas eram considerados primos. Em algum ponto havia uma bifurcação genética e os Almeida da Silva tinham alguma coisa a ver com os Moraes, nossa família materna. Eram muitos, quase uma legião, e, tirando o mais velho, que era varão, o resto eram mulheres, seis ao todo. Casaram-se no devido tempo, um dos maridos mexia com produtos químicos, daí que todos eles receberam a classificação coletiva de "Químicos".

Eram gregários, viviam sempre juntos, moravam juntos, faziam tudo juntos. Além de gregários, eram vorazes. A especialidade deles era frequentar festas em que havia bufê. Casamentos, batizados, comemorações diversas, tudo que incluísse salgadinhos, docinhos e coquetéis adocicados e lá estavam eles, em romaria. Não se misturavam com os outros, mas dispunham de uma estratégia especial para se colocarem nos salões, nas sacristias, onde ocorresse qualquer variedade de boca-livre.

O general-em-chefe, o líder, o mais escolado, era o Eurico, que ninguém sabia ao certo o que fazia, ou melhor, o que não fazia, pois nunca fora nem fizera nada, tinha pais velhos, esperava que eles morressem para assumir a renda de cinco casas no Cachambi. Casara-se aos 50 anos, dormia até tarde e à tarde, gostava de Vicente Celestino e de empadinhas de camarão. Sem falar nas coxinhas de galinha, que eram um capítulo à parte na enciclopédia de sua gula.

Empadinha de camarão ele encarava sem exigências, viessem de onde viessem, as domésticas, grandes e obesas, as pequeninas, feitas para tira-fome. Já as coxinhas de galinha exigiam dele uma investigação preliminar. Desdenhava coxinhas feitas em casas ou nas padarias. Só comia as da Colombo.

Era temeridade convocá-los para qualquer recepção. Bastava convidar um deles e todos se sentiam convidados, chegavam juntos, comiam juntos e juntos iam embora, empanturrados de canapés, bolinhos de queijo e bacalhau, croquetes de carne, empadinhas de camarão e, se fosse o caso, de coxinhas de galinha. Os demais "Químicos", por osmose, por simbiose, por contágio, também só comiam coxinhas de galinha da Colombo.

Obedecendo ao comando do chefe, colocavam-se em posições estratégicas para não perderem de vista os garçons que circulavam com as bandejas. Não falavam com ninguém e ninguém falava com eles. Mas trocavam entre si sinais cabalísticos, códigos indecifráveis, avisando-se mutuamente do que havia, do que ainda haveria, da quantidade e da qualidade da oferta.

Reza a lenda familiar que houve um acidente de percurso dos "Químicos" causado pelo casamento da filha de um comerciante da rua Sacadura Cabral, atacadista de queijos, manteiga e demais laticínios. Os "Químicos" não conheciam nem o atacadista, nem os noivos, nem os parentes mais próximos, mas souberam do evento por interposta pessoa. Forçaram um convite, o atacadista era pródigo, disse vagamente que sim, mas esqueceu-se de mandar o convite.

Foi feita uma consulta foral ao Eurico: deviam ir ou não ir? recusavam-se a ser bicões, a invadir festas estranhas, nesse ponto eram radicais. Mas a tal interposta pessoa falou genericamente, na base do "apareçam". Os "Químicos" apareceram.

Sem convite nas mãos e confiantes na infalibilidade do chefe, eles não guardaram o endereço onde rolaria o famoso, o farto bufê da Colombo, razão pela qual Eurico já salivava desde a véspera, prelibando as coxinhas de galinha que o esperavam.

Todos prontos, os varões enjaquetados em terno azul-marinho e gravatas prateadas (uniforme dos "Químicos" para as grandes efemérides), as damas afogadas em tafetás chamejantes, na hora de partirem para a festa, ficaram sem saber para onde deviam ir. Novamente consultado, Eurico pela primeira vez teve um lapso de memória. Sacadura Cabral ou Gago Coutinho? A primeira rua era no centro, perto da praça Mauá. A segunda era nas Laranjeiras, perto do parque Guinle.

Convocados para a emergência, os neurônios do Eurico trabalharam rapidamente. Ninguém encomendaria o suntuoso bufê da Colombo para uma recepção nas proximidades da praça Mauá. Por exclusão, só podia ser na rua Gago Coutinho, aos pés do Palácio das Laranjeiras, onde morava o presidente da República.

Rumaram para lá. Esbarraram numa dificuldade suplementar. A rua não era grande, mas tinha algumas casas e alguns edifícios. Espremidos numa Kombi, que era alugada para tais ocasiões, esperaram que Eurico saltasse e fosse estudar o terreno.

Naquele tempo, o poeta Thiago de Mello havia retornado do exílio, no Chile, e morava naquela rua. Havia convidado alguns ex-asilados e amigos para uma reunião onde um poeta chileno, o Juvêncio Valle, recitaria poemas sobre a libertação dos povos da América Latina e dos países afro-asiáticos. Havia alguns carros diante do edifício em que Thiago morava.

Eurico enviou os sinais respectivos e os "Químicos" desceram e logo subiram ao apartamento do Thiago, que estava cheio e ficou mais cheio com a explosão demográfica do espaço. Recitado o último poema de Juvêncio Valle, Thiago mandou buscar umas pizzas numa padaria do Largo do Machado.

O batizado da bruxinha

A cozinheira perdeu o marido e tinha uma filha de 8 anos para criar. Pediu que aceitássemos a menina como dependente. No primeiro domingo em nossa casa, a tarde era chuvosa e triste como num conto de Dickens. Ela começou a chorar na orfandade recente. Não sabíamos o que fazer para consolar a garota.

O pai dormira após o almoço e, ao acordar, fez o que mais gostava de fazer: tomou providências. A menina tinha como único brinquedo uma bruxinha de pano, desengonçada e triste como ela. O pai perguntou se a bruxinha já tinha sido batizada. Não. Era pagã, como todas as bruxas.

Botou então a gente para cortar papel fino colorido e fez fieiras de bandeirinhas de festa junina, com elas enfeitou as salas de visita e de jantar. Foi na despensa, apanhou uma lata de goiabada, cortou-a em tabletes e pulverizou neles uma mistura de canela e açúcar cristalizado. Fez pequeninas rodelas de papelão de diversas cores, passou-as num palito, espetando-o naquilo que chamou de "majestoso canapé de goiaba".

Espremeu dúzias de limão, acrescentou um pouco de vinho tinto de garrafão, obtendo uma sangria igualmente majestosa. Ficou uma delícia.

Pegou um vestido preto que minha mãe usara quando perdera uma irmã e adotara luto fechado, mais tarde aliviado, como era de costume na época. Vestido de padre, com um livro encadernado de Eça na mão, fazendo o papel de missal, tendo a mãe como madrinha, meu irmão mais velho como padrinho e eu como sacristão, o pai batizou a bruxinha em nome do Pai, do Filho e do Espírito Santo.

Obrigou o meu irmão a renunciar por ela o Diabo, o Mundo e a Carne. Depois deu início à comilança, reforçada à última hora por uma caixa de bombons que ele guardara para nos dar na Páscoa que se aproximava.

De olhos arregalados, a menina parou de chorar e olhava para o pai com espanto maior do que a sua dor.

O pião e a carrapeta

Era brinquedo de pobre, mas todos, até mesmo os meninos ricos tinham o seu pião. Parece que não existem mais, mas na minha rua o guri que não tinha o seu pião e não era mestre no ofício de rodá-lo no chão ou na palma da mão tornava-se qualquer coisa de abominável, um ser hediondo execrado pelos outros garotos.

Nunca fui bom de pião, insistia com o pai, ele comprava os melhores mas eu não os fazia girar com a perícia adequada. Tantas levei pela cara que o pai, para me consolar, falou mal dos piões, de todos os piões ("é brinquedo de moleque") e deu-me uma carrapeta suntuosa, com frisos amarelos, azuis e vermelhos, fazia um som civilizado quando rodava.

E era fácil de manejar. Bastava dar corda e ela se empinava, rodava loucamente, imóvel em seu eixo de lata, e o zumbido que fazia, cortando o ar, parecia o fundo musical de um pedaço do paraíso.

Bem verdade que os outros guris me olhavam desconfiados, achando que carrapeta era coisa de veado, e, pensando bem, eu próprio também achava o brinquedo meio suspeito.

Até o dia em que um garoto chegou-se para o meu lado e como se fizesse uma proposta indecente, sugeriu que trocássemos de equipamento. Ele me daria o seu pião, o mais famoso e letal daquela rua, que partia ao meio os piões adversários. E eu lhe daria a carrapeta faiscante, que girava como um planeta sonoro enquanto lhe durava a corda.

Cheguei em casa e o pai descobriu o péssimo negócio que o filho fizera. Num primeiro momento, pensou em procurar o guri e desfazer a troca. Evidente que se aproveitara da minha ingenuidade, ou da minha cobiça em ter um pião igual ao dos outros.

O pai pensou melhor. Olhou-me fundo, avaliou o pião escalavrado e sebento que eu trazia como um troféu. E lançou a profecia que se realizaria pela vida afora: "Você nunca será alguém, meu filho!"

A bela e a fera

Um dos desejos de minha infância foi habitar um palácio como o da Bela e da Fera, evidente que sem a Fera. Tinha tudo do bom e do melhor naquele palácio. As luzes se acendiam à passagem da moça, a mesa estava sempre posta, havia solidão e silêncio, ninguém enchia o saco dela, a Fera providenciava tudo e ainda fazia o favor de não aparecer, não queria assustá-la.

Eu imaginava um palácio mais modesto, seria a minha própria casa, apenas com um acréscimo: em todas as paredes haveria umas torneirinhas que despejariam guaraná no meu copo. Eu era louco por guaraná, ficava triste quando tomava um, confinado numa garrafa banal, que mal dava para encher um copo.

Queria mais, e muito, daí que sonhava com torneiras em todas as paredes, bastava abri-las e o guaraná geladinho jorraria para matar a minha sede e me tontear de prazer.

A injúria do tempo, somada ao desgaste dos anos, sepultou o delírio, mas fui fiel a ele, não tive outros pela vida afora. Esqueci a Bela e a Fera, o Palácio Encantado, as torneirinhas jorrando guaraná.

Eis que, deixando de ler historinhas infantis, de repente descobri um sucedâneo, bem verdade que às avessas: a internet. Ela não me deslumbra como os contos de Grimm e Perrault, pelo contrário, me aterroriza, mas tem alguma coisa de encantado. Toda vez que abro a caixa postal, é como se abrisse a torneirinha daquele palácio que a memória não esqueceu mas a vida demoliu.

Não recebo o guaraná mágico para matar minha sede e me tontear de prazer. Recebo mensagens propondo regimes de emagrecimento, macetes para aumentar o tamanho do pênis, oferecem-me terrenos que não quero comprar e viagens que não pretendo fazer. Vez ou outra, pinga uma gota de afeto — mal dá para encher o copo e embromar a sede.

Ouvi dizer que a internet está na Idade da Pedra, mais um pouco ela poderá me dar mais e melhor. Um dia abrirei o computador e terei o guaraná que não mereço.

Estojo escolar

Noite dessas, ciscando num desses canais a cabo, vi uns caras oferecendo maravilhas eletrônicas. Bastava telefonar, e eu receberia um notebook capaz de me ajudar a fabricar um navio, uma usina nuclear, uma estação espacial.

Minhas necessidades são mais modestas: tenho um PC mastodôntico, contemporâneo das cavernas da informática. E um notebook da mesma época que começa a me deixar na mão. Como pretendo viajar esses dias, habilitei-me a comprar aquilo que os caras anunciavam como o top do top em matéria de computador portátil.

No sábado, recebi um embrulho complicado que necessitava de um manual de instruções para ser aberto. Depois de mil operações sofisticadas para minhas limitações, retirei das entranhas de isopor o novo notebook e coloquei-o em cima da mesa. De repente, como vem acontecendo nos últimos tempos, houve um corte na memória. Tinha 5 anos e ia para o jardim de infância. E vi diante de mim o meu primeiro estojo escolar.

Era uma caixinha comprida, envernizada, com uma tampa que corria nas bordas do corpo principal. Dentro, arrumados em divisões, havia lápis coloridos, um apontador, uma lapiseira cromada, uma régua de 20 centímetros e uma borracha para apagar meus erros.

Da caixinha vinha um cheiro gostoso, cheiro que nunca esqueci e que me tonteava de prazer. Fechei o estojo para proteger aquele cheiro, que ele ficasse ali para sempre, prometi-me economizá-lo. Com avareza, só o cheirava em momentos especiais.

Na tampa que protegia estojo e cheiro, havia estampado um ramo de rosas vermelhas que se destacavam do fundo creme. Amei aquele ramalhete — olhava aquelas rosas e achava que nada no mundo podia ser mais bonito.

O notebook que agora abro é negro, não tem nenhuma rosa na tampa. E em matéria de cheiro, é abominável. Cheira a telefone celular, a cabine de avião, ao aparelho de ultrassonografia onde outro dia uma moça veio ver como sou por dentro.

Piorei de estojo e de vida.

A tecnologia e o grito de Eureca

Bons tempos os que vivemos, em que tudo tem prazo de validade e tudo pode ser descartável. Meu pai herdara uma máquina fotográfica do meu avô, foi com ela que registrou os primeiros passos de seus filhos, o batizado, a primeira comunhão, chegou mesmo a fotografar o casamento do irmão mais velho com o mesmo equipamento, que era chamado de "caixote". Ainda tenho fotos tiradas por aquela ancestral das atuais câmeras digitais, que duram o espaço daquelas rosas de Malherbe.

Apesar de tanto e tamanho progresso tecnológico, muita coisa ainda precisa ser inventada, e fatalmente o será; já disseram por aí que tudo o que o homem pensa mais cedo ou mais tarde pode ser realizado materialmente. A viagem à Lua, o submarino, aquele termômetro dentro do peito do peru para apitar na hora em que estiver pronto — são muitas as invenções do engenho humano, desde a roda dos sumérios ao "Jingle Bells" tocado nos celulares durante as festas de Natal.

Evidente que faltam muitas coisas, como um bom detector de mentiras para garantir a verdade em suas múltiplas variedades, desde a desculpa da sogra doente para não irmos àquela missa de sétimo dia aos depoimentos prestados nas CPIs do Congresso. Há um embrião científico para captar mentiras, mas é rudimentar, difícil de operar e de interpretar. O sujeito fica amarrado por fios e eletrodos que registram batimentos cardíacos, pressão sanguínea, dilatação das pupilas, sei lá, são meio furados, de credibilidade duvidosa.

Brevemente, ao nascer um novo humano, será instalado em algum lugar de seu corpo um chip de duração ilimitada que registrará imagem e som de tudo o que ele fizer na vida — ou que os outros fizerem com ele. O assassinado terá registrado o seu assassino, o ladrão gravará forçadamente o seu roubo, não haverá espaço para a mentira, o falso testemunho, o perjúrio. A esposa infiel não poderá negar o adultério — bons tempos virão, mas espero que não venham já.

De minha parte, já confessei que fiquei pasmo com uma das invenções do admirável mundo novo que muito me beneficiaram. Em criança, obrigavam-me a engraxar os sapatos, era quase uma exigência da higiene corporal andar de sapatos engraxados. E as latas de graxa eram insidiosas, custavam a ser abertas, batia-se com elas em algum lugar duro, ficavam amassadas e aí mesmo é que se recusavam a abrir.

Até que um gênio, maior do que Leonardo, maior do que Edison, inventou uma pequena alavanca lateral na parte de cima da lata. Se Arquimedes garantiu que levantaria a Terra se tivesse um ponto de apoio no espaço onde pudesse colocar uma alavanca, eu me senti um Arquimedes do Lins de Vasconcelos quando confrontei a primeira lata de graxa com a alavanquinha de metal ordinário que me abriu, mais do que uma lata de graxa, o território mágico da tecnologia moderna.

Mesmo assim, desconfio que falta muita coisa a ser inventada. Tenho um amigo que garante a facilidade com que poderemos viajar sem avião, trem, carro ou a pé. Aproveitando a rotação do nosso planeta, uma almanjarra qualquer que ainda será criada nos elevará a uma certa altura, e lá de cima esperaremos que a Terra gire até o ponto onde queremos saltar. Posso sair daqui da Lagoa ao meio-dia e meia e almoçar na Groenlândia à uma da tarde, sem esforço, sem apertões e por baixo custo. O problema é que — Deus é testemunha — não tenho nenhum interesse em almoçar ou jantar na Groenlândia.

Tive um amigo, professor e crítico de arte que, depois dos 50 anos, escreveu um tratado propondo a revogação da lei da gravidade para os maiores de sua idade. Seria uma revogação proporcional ao número de anos acumulados: aos 50, a gravidade seria reduzida para 50%. Aos 60, a redução seria 10% maior. E assim, se o cara insistisse mesmo em viver, aos 100 anos teria gravidade zero, como os astronautas e os corpos que flutuam no espaço.

Ele conversou comigo mas não me convenceu. Achei um bocado difícil abolir a gravidade assim, sem mais nem menos, embora apreciasse o benefício resultante. O Paulo Francis, por exemplo, que andava pelos 60 e tantos anos, reclamava que ao tomar banho o sabonete sempre escorregava de suas mãos e era difícil resgatá-lo do ladrilho molhado, escorregadio como uma lesma oval e ensaboada. O bom Francis amaldiçoava a lei da gravidade com a mesma indignação do professor de arte acima citado.

Daí que estou pensando numa solução de meio-termo, acredito que mais viável do que a pura e simples abolição da gravidade. Seria o sabonete magnético. Uma luva na mão esquerda com um elemento metálico e, dentro de cada sabonete, outro elemento metálico. Poderíamos esfregar nosso corpo de alto a baixo, suas saliências e profundezas, sem necessidade de cairmos de cócoras e ficarmos catando o sabonete como certos goleiros catam seus frangos.

A posteridade ainda me fará justiça por ter tido esta ideia que me veio durante o banho de ontem. O citado Arquimedes ali de cima também teve ideias enquanto tomava banho e saiu nu pelas ruas de Atenas gritando eureca! eureca! Prometo não fazer isso.

A banalização do erro

Não estou por dentro do assunto, mas leio nos jornais que há algum embaraço entre autoridades norte-americanas e o Google, questões não sei se técnicas, legais ou morais, mas há algum desconforto entre o quebra-galho eletrônico mais utilizado pelos internautas e os responsáveis pelo setor nos Estados Unidos.

Não tenho elementos — nem me interessa tê-los — para dar opinião a respeito. Como qualquer usuário, recorro ao Google em determinados casos, mas confesso que com receio, mais do que receio, com remorso. Sei como é falho em suas informações, misturando nomes, datas, situações, fatos. Outro dia fiz uma consulta sobre mim mesmo, digitei meu nome por completo e recebi, entre várias informações corretas, uma centena de Carlos Heitor que nada tinham a ver comigo, inclusive um pai de santo no Maranhão e um dono de laboratório acho que aqui mesmo no Rio.

Se me atrevo a dar uma opinião sobre o Google, diria que, tal como nas boas enciclopédias, cada texto (ou verbete) deveria trazer o nome do autor que o escreveu, abonado com a citação das fontes. Do jeito que está, simplesmente veiculado por uma sigla (Google), deixa de ser confiável. Torna-se até leviano.

Um colégio aqui do Rio fez uma espécie de concurso sobre os escritores cariocas e meu nome apareceu em diversas respostas. Noventa e oito por cento dos alunos consultaram o Google e, sem darem crédito à fonte, repetiram o mesmo erro que consta de uma de suas páginas: atribuíram-me um livro de estreia que nunca publiquei nem escrevi.

A massificação das informações facilita esse tipo de trabalho escolar, mas os erros são tantos e tamanhos que prejudicam o aluno e a verdade.

Pranto para o homem que não sabia chorar

Havia quitandas naquele tempo. Vendiam verduras, legumes, ovos, algumas chegavam a vender galinhas em pé, quer dizer, vivas, mas eram poucas, pois todas as casas tinham quintal, e todos os quintais tinham galinhas. Ia esquecendo: as quitandas mais sortidas tinham à porta, bem visíveis aos passantes, um feixe de varas de marmelo.

Para que serviam? Fica difícil explicar, mas serviam para os pais comprarem uma delas e a guardarem em casa, num lugar à mão e bem visível aos filhos. Quem nunca tomou uma surra de vara de marmelo não pode saber o que é a vida, de que ela é feita, de suas ciladas e enigmas. Há aquela frase: "Quem nunca passou pela rua tal às cinco da tarde não sabe o que é a vida". A frase não é bem essa, mas o sentido é esse.

Uma surra de vara de marmelo era o recurso mais eficaz para colocar a prole em bom estado de moralidade e bom comportamento. Acima dela, só havia o recurso capital de ameaçar o filho com um colégio interno da época: Caraça! Ir para o Caraça, a possibilidade de ir para o

Caraça era uma pena de morte, uma condenação ao inferno, um atestado de que o guri não tinha jeito nem futuro.

Houve a tarde em que o irmão mais velho fez um lambança com umas tintas que o pai comprara para pintar a casa de Segredo, o cachorro que era solto à noite para evitar que os amigos do alheio pulassem para o quintal e roubassem as galinhas — repito, todas as casas tinham galinhas.

E "amigos do alheio" era uma expressão, uma metáfora civilizada que os jornais usavam para se referirem aos ladrões de qualquer coisa, inclusive de galinhas.

Pois o irmão foi surrado com vara de marmelo e chorou. O pai então proferiu a sentença que ele jamais esqueceria: "Homem não chora!"

Em surras seguintes e sucessivas, com a mesma vara de marmelo (ela nunca se quebrava, por mais violenta que tivesse sido a surra anterior), o irmão tinha o direito de gritar, de urrar, de grunhir como um leitão na hora em que entra na faca, mas não de chorar.

Por isso, mesmo sem nunca ter tomado uma surra daquelas, ele sabia que um homem não pode chorar, nem mesmo quando açoitado por vara de marmelo. O vizinho do Lins, que tinha um filho considerado perdido, percebendo que a vara de marmelo era ineficaz como um remédio com data de validade vencida, adotou uma tira de borracha que servira de pneu a um velocípede desativado. Tal como a vara de marmelo, era maleável mas inquebrantável, deixava lanhos nas pernas do filho — que mais tarde chegaria a ser capitão de mar e guerra, medalhado não em guerra nem em mar, mas por tempo de serviço.

Homem não chora e, por isso, ele decidiu que seria um homem e jamais choraria. O irmão, sim, era um bezerro desmamado, chorava à toa, nem precisava de vara de marmelo. Chorou no dia em que Segredo morreu envenenado — um amigo do alheio, antes de pular no quintal, jogou-lhe um pedaço de carne com arsênico.

Chorou mais tarde, quase homem-feito. Esquecido de que o homem não chora, ele chorou quando o Brasil perdeu para o Uruguai no final da Copa do Mundo de 1950. Não era homem. Atrás do gol, viu quando Gighia chutou e o estádio emudeceu e logo depois chorava, seguramente o maior pranto coletivo da história da humanidade, 200 mil pessoas que não eram homens, chorando sem vergonha de não serem homens.

Ele não podia ou não sabia chorar? Essa era a questão. Volta e meia forçava a barra, lembrava as coisas tristes que lhe aconteceram, o dia em que o pai o colocou de castigo, atribuindo-lhe a quebra de uma moringa. A perda da medalhinha de Nossa Senhora de Lourdes que a madrinha lhe dera, uma medalhinha de ouro que, segundo a madrinha, o livraria de todo o mal, amém. Não chorou nem mesmo quando, naquela primeira noite após a morte de sua mãe, ele se sentiu sozinho na vida e perdido no mundo.

Daí lhe veio a certeza. Poder chorar até que podia. O diabo é que ele não sabia mesmo chorar. Chorar é como o samba que não se aprende na escola: ou se nasce sabendo, ou nunca se sabe. Bem verdade que ele desconfiou de que os outros chorassem errado, misturando motivos. Por exemplo: o irmão, que era um Ph.D. na matéria, quando chorava, fazia um embrulho de coisas e desditas, um mix de quebrações de caras, e obtinha um pranto copioso, sincero, lágrima puxando lágrima, soluço puxando soluço.

Quando perdeu uma bolada num cassino de Montevidéu, foi para o quarto do hotel, bebeu meia garrafa de uísque e, tarde da noite, telefonou dizendo que, passados quarenta e tantos anos, ainda estava chorando pela morte de Segredo.

Tivera ele essa virtude, aquilo que os ascetas chamam de "dom das lágrimas!" José, vendido por seus irmãos ao faraó do Egito, tornou-se poderoso e um dia recebeu os irmãos que o procuraram para matar a fome. Os irmãos não o reconheceram. José perguntou-lhes sobre o pai e retirou-se a um canto para chorar. Depois, sim, deu-se a conhecer e matou a fome dos irmãos que o venderam.

Jesus chorou quando soube da morte de Lázaro e o ressuscitou. A lágrima é um dom, e ele não mereceu esse dom nem mesmo quando Débora foi embora de seus sonhos e, como nos tangos, nunca mais voltou.

Areias de Portugal

No meio do quintal, ao lado da casa, havia a mangueira, enorme, de um de seus ramos o pai pendurara um balanço que teve seus dias de glória até que meu irmão dele se despencou. Minha mãe iniciou campanha feroz e bem-sucedida, o balanço serviu de lenha numa fogueira de Santo Antônio.

Naqueles dias, Humberto de Campos publicara uma página de suas memórias, evocando o cajueiro de sua infância. Meu pai lera a crônica para mim. Recortei-a do jornal e quase a decorei. Pior: procurei imitar o menino que subia nos galhos mais altos e gritava: "Assobe, assobe, gajeiro, naquele topo real, para ver se tu avistas terras de Espanha, Otolina, areias de Portugal!"

Passei a subir nos galhos mais altos, onde descobri um nicho no meio das folhas verdes e perfumadas — como só as mangueiras sabem ter. E lá de cima eu também gritava aos ventos da Boca do Mato, garantindo que via terras de Espanha, quando, na verdade, via apenas os tetos cor de moringa da vizinhança, ao longe a torre mais que branca da

Matriz de Nossa Senhora da Guia e, depois, a formidável massa azulada do pico da Tijuca.

Pois ontem, tantos anos depois, sonhei com a mangueira dos dias antigos do passado. No sonho, ela surgia destacada, talvez mais alta e mais espetacular. E como na paisagem do sonho era quase noite, ela parecia iluminada por dentro, um pouco fosforescente, mas sem dúvida era a minha mangueira, intacta, esperando por mim.

Olhei-a bem e não foi difícil encontrar, em seus ramos mais altos, o nicho de folhas verdes e perfumadas — como só as mangueiras sabem ter. Lá estava ele, também, intacto, reconheci até mesmo o galho mais forte em que me segurava com maior confiança, deixando a outra mão livre para proteger os olhos do sol e dos ventos do mar largo. E de onde o menino, que nada vira do mundo até então, assombrado, avistava terras de Espanha, areias de Portugal.

O fogão e a chuva

O menino tinha um defeito na fala. Até os 5 anos fora mudo, olhava o mundo, olhava as coisas e não dizia nada. Talvez não quisesse dizer nada realmente. Havia momentos em que chorava, em que ria (chorava mais do que ria) e emitia algum som. Nada articulado, sentia que os adultos o evitavam, talvez gostassem dele (tudo era possível) mas sempre davam um jeito de mantê-lo à distância.

O silêncio dele parecia uma denúncia — o melhor era deixá-lo pelos cantos, ou embaixo da mesa de jantar, ponto de observação que dava ao menino a mesma perspectiva das pessoas pela metade, dos pés à cintura, como nos desenhos animados do Tom&Jerry, onde os humanos só aparecem em forma de pernas.

Começou a falar depois de um susto. Estava na praia de Icaraí, viu um aviãozinho fazer piruetas no céu, depois o aparelho foi baixando, baixando, era um hidroavião vermelho, pousou na água lá longe e veio vindo em direção da praia, o barulho foi aumentando, de repente o menino sentiu pavor, gritou e correu, foram pegá-lo quando atravessava a pista de carros, por pouco seria atropelado.

Desse dia em diante, o menino começou a falar.

Falava errado. Trocava as letras. A língua não tinha flexibilidade para certos ditongos, era impossível pronunciar o próprio nome, trocava principalmente o "c" pelo "t", o "g" pelo "d".

Tentaram corrigi-lo, mostravam como devia fazer, algumas sílabas pediam que a língua batesse nos dentes da frente, assim, olhe só, assim. E havia outras em que a língua encostava no céu da boca, assim, veja só, é fácil. Nada disso adiantava, o menino continuava a dizer tavalo, tomida, tachorro, daroto, daragem.

Não podia frequentar escolas, seria doloroso, os outros meninos cairiam em cima dele, julgando-o retardado. Foi ficando em casa, o pai ensinava-lhe o que podia, passava exercícios, o menino aprendeu a ler e, quase ao mesmo tempo, a escrever.

Foi quando o irmão mais velho fez 15 anos e houve festa em casa. No quintal, formara-se uma roda de garotos na qual o menino não podia entrar. De repente o chamaram. Pediram que ele dissesse: "Dona Jandira adora um fogão" (Dona Jandira era uma vizinha da qual se diziam coisas). O menino empertigou-se e declamou: "Dona Jandira adora um fodão".

Riram. Riram muito e o menino ficou sem saber por que riam e riam tanto. Passou o resto da festa emburrado, desconfiava que cometera alguma coisa abominável. Somente no dia seguinte, com o caderno aberto, a tinta vermelha que o pai gostava que ele usasse, escreveu diversas vezes a palavra "fogão", "fogão", encheu a página com aquela palavra.

Mostrou o caderno aos outros meninos, ninguém riu. Mas ninguém compreendeu. Então o menino descobriu que ali estava um caminho, um destino. Deveria escrever tudo o que pensasse, seria finalmente igual aos outros. Nem se tratava de ser aceito — ele já não dava importância a isso, adquirira o vício da solidão e gostava de ser só.

E quando quisesse, poderia escrever o que sentia e até o que não sentia — escrever era coisa fabulosa. Melhor do que falar, porque quando se escreve é como se a gente falasse diversas vezes, primeiro consigo próprio, depois com os outros. Se houvesse outros.

Bem, a história é comprida, o defeito da fala foi parcialmente corrigido, o menino cresceu e se transformou naquilo que sou eu. Aprendi alguns truques, evito certas palavras, descobri que falando depressa ninguém reparava. Na impossibilidade de ir em frente, procurei não ficar atrás.

Até que, perto dos 30 anos, mexendo nuns guardados, encontrei um caderno forrado de verde-musgo, presente de alguém que não lembrava. Parecia apropriado para um diário, desses que ainda são vendidos em papelarias. Por coincidência, eu tinha uma caneta parker, que era verde, e estava abastecida com tinta verde. Não tenho certeza mas desconfio que verde sempre foi minha cor preferida.

Achei que devia fazer alguma coisa com aquilo tudo, caderno, caneta e tinta. Quase ia escrevendo a palavra "fogão" na página de rosto — e por pouco minha carreira literária teria tido um início mais cabalístico do que o desejado. Resolvi nada escrever naquela página. Mas enchi as seguintes, sempre com a tinta verde, e contei uma história que começava numa infância que não era exatamente a minha mas descrevia um mundo tal como o sentia e ainda sinto.

O caderno foi datilografado numa R. C. Allen, marca não muito conhecida no mercado. Depois comprei uma Remington, mais tarde uma Olivetti portátil, finalmente um computador, um notebook, outro notebook — essas máquinas diabólicas são superadas anualmente e me exigem estar atualizado. Detalhe: quando inauguro a máquina ou o computador, a primeira palavra que sempre escrevo é "fogão". Funciona como meu código de acesso, meu referencial, a garantia de que posso participar da brincadeira e dizer simplesmente que Dona Jandira adora um fogão.

Vencido o desafio da fala, enfrentei (e enfrento até hoje) desafio pior e mais devastador. Escrever foi a tábua na qual me agarrei para não ser considerado um idiota. Mas o ato e a prática de escrever poderiam me dar a mesma condição, com vergonhosas agravantes. Escrever é verbo transitivo — segundo aprendi na escola. Pede objeto direto. Escrever o quê?

Não podia continuar enchendo páginas e páginas com uma única palavra. (Olhando em retrospectiva, acho que fiz o primeiro poema concreto da história humana.) Ao chegar à última página do tal livro verde — e antes de passá-lo a máquina — senti necessidade de continuar escrevendo. Não tinha qualquer noção de técnica literária, nem sabia que isso podia existir. Escrevia como falava, ou melhor, como desejava falar, se pudesse.

Daí a minha surpresa quando o Paulo Francis, numa daquelas vinhetas com que terminava seu *Diário da Corte*, já tendo resenhado dias antes um dos meus últimos romances, soltou aleatoriamente esse comentário: "Cony escreve como fala, dá a impressão de que está conversando só com a gente." O comentário do Paulo, na hora, me pareceu elogioso. Depois reparei que era restritivo. Afinal, era isso o que pretendia desde o dia em que, no meio de outros meninos, quis dizer uma coisa e acabei dizendo outra. Não tive culpa de não ser entendido. Tampouco é importante ou necessário que os outros me entendam.

O verbo "escrever" pode ser transitivo, pede um objeto da ação. Mas para mim, depois do amargurado corpo a corpo com as palavras, tudo me parece lucro. Tive inveja da chuva quando aprendi, na velha Gramática Expositiva, de Eduardo Carlos Pereira (obrigatória no meu tempo escolar), que o verbo chover, além de não ser transitivo, é impessoal. Evidente que chover só pode ser chuva. E não se diz eu chovo, tu choves. Só existe o "chove", uma ação completa em si mesma.

Gostaria de ser impessoal e intransitivo. Simples como a chuva que chove. Para isso, precisaria ser uma terceira pessoa e acredito que é em busca dela que escrevo. Terceira pessoa que ainda não encontrei. Mas insisto em continuar procurando.

Veludo cotelê

Passou o domingo encafuado, sem vontade de nada. Tempo é dinheiro mas se não se gasta o dinheiro, ele fica com a gente, pode-se aplicá-lo por aí e ele aumenta. Com o tempo é diferente. Gastando-o bem ou mal, ou mesmo não o gastando, ele só diminui, a cada minuto fica menos tempo.

Enfiou-se numa velha calça de veludo cotelê que descobriu no fundo do armário. Faz um pouco de frio neste maio e é por aí que mergulhou. O que teria acontecido num maio antigo que, de repente, o obrigou a vestir uma calça velha, a ficar enfurnado em casa, sem vontade de ir ver a Lagoa, as moças passando lá embaixo com seus *collants* fosforescentes, seus cabelos louros?

Nem mesmo vontade de olhar o Cristo lá em cima. Abrira os olhos para o mundo encarando aqueles braços abertos, a mãe garantia que eles o abençoavam.

Preguiça de tirar o carro da garagem e ir ver o mar. Ficou pelos cantos, endireitando os quadros nas paredes que já estavam direitos, achando no chão um clipe cor de laranja que caíra de algum documento. Só então desconfiou que, num maio igual, com um sol igual lá fora, ele recebera de presente a calça de veludo cotelê, a mesma que vestira insensivelmente pela manhã. Agora, a calça é brega, naquele tempo era moda, todo mundo usava.

Ela chegara de manhã com a sacola plastificada de uma loja badalada. Ele estranhou o presente. Não fazia anos, nada havia a ser comemorado. Ela explicou: "Sonhei que você usava uma calça dessas, vê se não reclama, já que não pode ser exatamente como eu quero, pelo menos fique igual ao sonho."

Ele poderia responder: "Sonho sempre com você fazendo certas coisas, ou deixando que eu faça, mas nunca lhe pedi nada disso."

Era maio então, e também fazia um pouco de frio. Combinaram ficar encafuados, sem meter a cara lá fora. Ela o obrigou a vestir a calça de veludo cotelê. A mesma calça que agora, guardada tantos anos, ainda tem o gosto e o cheiro daquela manhã.

Confissões

Usava barbicha grisalha, quase branca, o que lhe valera o apelido de monsenhor Bodaico, embora não se parecesse com um bode, mas um pouco com Sigmund Freud e outros embarbichados.

Nunca soube seu nome completo. Era o monsenhor Belezza, com dois zês. Tinha um passado glorioso, mas indefinido, na África, onde fora missionário. Já perto dos 50 anos, decidiu abandonar o clero secular e entrar para a Ordem dos Servos de Maria, com direito a acrescentar ao seu nome as iniciais OSM. E a conservar o título de monsenhor, raro num membro do clero regular, que geralmente é frade para toda a vida.

Falava baixinho. Foi a ele que, mal entrado nos 7 anos, confessei meus pecados quando fiz a primeira comunhão. Havia duas opções para os meninos que se candidatavam àquilo que chamavam de "banquete celestial". Ambos eram servitas, mas o outro chamava-se frei Ugo Phoda, assim mesmo, era italiano e temperamental. Mais tarde conheci-o bem, foi professor de meu irmão num colégio da Tijuca.

Preferi monsenhor Belezza porque sua barbicha me infundia um baita respeito e, sobretudo, porque falava baixinho. Lembro o frade alemão que, em turma anterior, ao ouvir a confissão de um colega, perguntou em voz alta, com forte sotaque tedesco: "E o menina ainda tem muitos desses figurrrinhas?".

Não queria passar por vexame igual, preferi confessar meus pecados a Deus e ao monsenhor Belezza. Ele ouviu-me com atenção, botou um lenço no rosto, não sei se para impedir uma posterior identificação do penitente ou para cochilar. De qualquer forma, em nome do Todo-Poderoso, perdoou meus pecados.

E aí está o problema que me ficou para o resto da vida: que pecados seriam esses de um menino de 7 anos? Muitos, sem dúvida. E hediondos. Sempre achei que é na infância que cometemos os piores pecados.

Nostalgia das galinhas

Nas longas noites, noites dos anos mais antigos do passado, quando o sono era leve e o silêncio profundo, ouvia-se o apito solitário do guarda-noturno que atravessava as ruas e os caminhos marcando a presença da lei e da ordem. Era bom ouvir aquele apito: eu me sentia guardado e protegido dos malefícios do mundo e das incertezas da noite.

Como segurança suplementar, minha mãe tinha na mesinha de cabeceira, ao alcance da mão, um apito igual — que nunca foi usado. As pessoas em perigo, os lares ameaçados tinham aquele recurso para convocar o homem da lei que velava por nós e por nosso sono.

Bem verdade que os malfeitores daquele tempo eram simples ladrões de galinha — pois todas as casas tinham galinhas, fartas galinhas que botavam ovos e abasteciam os ajantarados dominicais com a canja e o assado.

Hoje, não mais existem guardas-noturnos e ninguém cria galinhas: elas nos chegam dos supermercados, congeladas, plastificadas, com um termômetro cravado no peito para apitar quando estiver no ponto.

Se tivéssemos galinhas em nossos apartamentos, talvez merecêssemos de volta o ladrão de antigamente. Sem galinhas para roubar, de que viveria um ladrão de galinhas? Conhecemos a alternativa. Eles invadem nossas casas e vão logo perguntando pelos dólares, pelos videocassetes, pela parafernália eletrônica e importada.

Não mais existe pelas ruas e caminhos das cidades aquele pastor solitário e noturno trinando seu apito — anúncio da lei, reclame do Estado. Tampouco adianta termos apito nas mesinhas de cabeceira: quem nos ouviria?

A culpa, como se depreende, é das galinhas. Ou melhor, da ausência das galinhas. Arquitetos e decoradores deveriam reservar, na planta de seus projetos, dois ou três metros quadrados para o cultivo de galinhas. Criando-se a oferta, viria a procura. E voltaríamos àquilo que os americanos chamam de "velhos bons tempos".

C'est la Guerre!

Minhas relações com as Matemáticas nunca foram boas — e exagero ao falar em Matemáticas, no plural e na maiúscula. Até mesmo a elementar aritmética se privou de muita intimidade com meu impenetrável cérebro. Por todos os chamados bancos escolares que lustrei em minhas andanças, sempre deixei a merecida fama de refratário aos números, às operações, às frações e às regras de três. Não cito os logaritmos porque seria um escárnio de minha parte mencionar tais entidades. Não morri de fome pelas sarjetas — como um certo professor um dia profetizou —, mas tenho passado vexames abomináveis e tido irrelevantes prejuízos nos trocos. Nada mais que isso.

Paralela ao meu desamor pelas Matemáticas, ou fruto dele, surgiu uma babosa admiração pelas máquinas capazes de fazer aquilo que não sei nem posso fazer. Não admiro um guindaste, nem um trator — sei que são máquinas movidas por cavalos-vapor, sei o que seja um cavalo e imagino o que seja o cavalo em forma de vapor e energia. Mas diante de uma simples máquina de somar, tremo os joelhos de emoção e respeito.

Já não falo dos cérebros eletrônicos, esses monstros capazes de calcular eclipses, marés, trajetórias planetárias e de jogar xadrez. Não jogo xadrez e pouco ligo para as trajetórias planetárias e para os eclipses. Sei que os cérebros eletrônicos são capazes até de fazer poemas, o que não conta no saco de seus infindáveis méritos: muito cara de pau por aí, muito cérebro ruim também é capaz de fazer poemas, e os poemas terminam em antologias e o cérebro na Academia.

Mas voltemos às Matemáticas. Outro dia, tive babosa admiração não pela máquina de somar, mas por mim mesmo. Deu-se que fui pagar umas contas, dessas contas pequeninas e complicadas que não desprezam os desprezíveis centavos cujo epitáfio o bardo Drummond magistralmente cantou há dias. A fila do guichê era enorme e para ganhar tempo arrisquei fazer a soma dos meus incontáveis débitos. Chegaria ao guichê com o cheque já preenchido e evitaria a justa animosidade dos que esperam a vez.

Apanhei um papel qualquer, escrevi as parcelas com o máximo escrúpulo, tomei coragem e iniciei a soma. Obtive um resultado e ia apelar para uma rígida revisão das contas quando a fila andou e eu tive de andar. Preenchi o cheque e de repente fiquei alarmado: e se a conta estivesse errada? O caixa faria péssimo juízo do meu caráter e os companheiros da fila teriam redobrada razão para me mandarem ao diabo no recôndito de seus ódios e pressas.

Eis que o homem do guichê apanhou meus papéis, foi registrando números naquela máquina insignificante, bateu numa tecla achatada e vermelha, puxou a manivela, a máquina fez um rangido, os mecanismos atritaram lá dentro e surgiu no mostrador um número que, por espantosa coincidência, era o mesmo que eu havia obtido sem teclas, sem manivelas e sem mecanismos outros que não os do meu parco saber.

Sim, minhas pernas tremeram de emoção. Olhei a máquina do homem como um aliado, "aí está uma coisa que reconhece o que valho", e saí para a rua, leve, a alma em festa. Einstein, ao ver confirmada pelo eclipse de 1927 a sua teoria restrita da relatividade, deve ter sentido o que senti naquele momento.

Euclides, Newton, Descartes — cheguei! Custei mas cheguei. Daqui em diante, surgiu um concorrente sério. Tremei em vossas covas que lá vou eu. Por ora, vou exercitar-me honestamente nas contas de subtração. Depois — é a guerra!

A vaca virtual

Li nos jornais e vi na TV: impressionado pelo fato de a filha, de 14 anos, passar 13 horas diárias diante da telinha, fazendo aquilo que chamam "navegar na internet", o pai tomou uma decisão drástica: tirou o computador do quarto da menina e colocou-o na sala, junto com os sofás, as poltronas e diversos outros eletrodomésticos.

Pensou que, num ambiente maior e mais poluído pelos habitantes da casa, a filha diminuiria a carga horária diante da telinha, limitando-se ao essencial, tanto no que diz respeito às informações gerais como ao gostoso bate-papo que a internet possibilita ao aproximar e ligar pessoas no universo virtual.

Na minha infância, não havia internet. Havia a geladeira, em cuja porta eu deixava recados para minha mãe ou para meus irmãos. Muitas vezes, um simples beijo, com um coração desenhado a lápis de cor vermelha. Também recebia recados: não esqueça de fazer isso, tem pastéis de queijo no forno, te amo etc. Já era uma forma de solidão. Mas não se gastavam 13 horas com esse tipo de interação, embora o universo atingido fosse mínimo.

Levando ao limite: com o desenvolvimento da informática (que ainda está na sua pré-história), com as novas ferramentas que estão a caminho, chegaremos ao limite de os jovens futuros gastarem vinte horas na telinha, reservando apenas quatro para dormir, uma vez que o banho diário e as necessidades de higiene poderão ser feitos também de forma virtual, não sei como, mas tudo é possível. Serão novos José Serra, que só viu uma vaca de verdade, em carne e osso, quando era adulto, candidato presidencial e ministro da Saúde. Evidente que ficou maravilhado.

Bandas & bandas

Vejo pesquisa feita durante as festas de fim de ano sobre a melhor banda existente no mundo e no Brasil. Praticamente não houve duas opiniões iguais. Caras legais e caretas, gente pobre, gente rica, todos tinham preferências em bases radicais, não admitiam concorrência, escolhiam determinada banda e amaldiçoavam as outras, eliminando fisicamente as demais.

Confesso (desnecessariamente) que não conhecia a maioria das bandas citadas. Mas me admirei que ninguém citasse a única banda que é banda incontestavelmente, a Banda dos Fuzileiros Navais (reconheço que esta é forte, mas que fazer?).

Excetuando os dobrados militares, que trazem péssima recordação dos tempos totalitários, o repertório é quadrado mas vai fundo no osso, com os sucessos de ontem certamente, mas que amanhã continuarão sendo lembrados e tocados.

Inclusive "A banda", do Chico Buarque, que foi o chute inicial de sua carreira. Que nada mais é do que uma homenagem às bandas que passavam e havia alguém à toa na vida para vê-las passar.

O conceito de banda mudou, o repertório também. Um repertório elástico, que funciona como um fósforo que se risca, ilumina por um momento, pode até transmitir sua chama a uma vela mais duradoura, e de uma vela acender outras, milhares de chamas clareando a vida e o mundo de forma permanente.

Na alternativa, um fósforo aceso pode botar fogo numa casa, numa rua, numa cidade. Mas depois acaba como um fósforo queimado — uma das metáforas mais usadas para expressar a inutilidade de uma coisa ou causa.

Qualquer banda, esta ou aquela, das centenas que surgem todos os dias e em todas as partes, cumpre sua função de fósforo, vale enquanto está acesa, iluminando um mundo que, sem ela, seria mais triste e escuro.

Uma valsa no início da noite

O primeiro rádio foi um sucesso: um *Pilot* de seis válvulas, numa caixa de madeira em forma de janela gótica. O tecido que protegia o alto-falante era de um grená profundo, aveludado, coava luxuriosamente a voz de Chico Alves e Mário Reis, os agudos de Vicente Celestino.

O pai saíra para trabalhar e deixara tudo pronto. Era só ligar o fio na tomada da parede e ele funcionaria na estação que minha mãe escolhesse e no volume desejado.

No final da tarde, esquecidos que o fio ficara desligado, apertamos o botão encimado pelas cabalísticas palavras "on" e "off". Esperamos a luzinha vermelha que devia se acender.

Não acendeu. Apertamos o botão de novo, na terceira tentativa cheguei a ouvir um estalo dentro da caixa mágica. "Agora vai!" Não foi.

Convocamos o vizinho, um sujeito que se chamava Ângelo, passava o dia todo de pijama, sentado numa cadeira de vime, na calçada em frente. Ele foi buscar os óculos, veio mexer no botão fatídico, deu palmadas na parte de trás do rádio, declarou que o aparelho enguiçara — e voltou para a sua cadeira de vime na calçada.

Foi com ódio que ouvi os rádios vizinhos serem ligados, a voz de Gastão Formenti varar o ar fino da Boca do Mato, no sucesso do momento: "Folhas ao vento... assim o destino nos separou..."

Excitado por ter um rádio à sua espera, o pai chegou mais cedo naquela noite. Acabávamos de jantar e ouvimos o barulho que ele fazia ao abrir o portão do jardim. Corri para ele e denunciei o mal comportamento do *Pilot*.

— O rádio não funcionou! Seu Ângelo disse que está enguiçado!

O pai não gostava de Seu Ângelo, cismava com o pijama dele, a cadeira de vime na calçada, a disponibilidade de tempo que o vizinho exibia acintosamente. Chamava-o de "parasita social", brigavam por causa de selos que ambos colecionavam e nunca se entendiam sobre política.

— Não quero que chamem aquele integralista para nada! É um fascista!

Diante do rádio, o pai examinou se havia algum vestígio da intromissão do vizinho. Na dúvida, passou o lenço pela madeira envernizada do aparelho, a fim de exorcizá-lo de qualquer influência nefasta. Depois perguntou se nós havíamos ligado direito. Eu disse que sim. Minha mãe confirmou e apontou o botão fatal.

O pai estava tenso até então. Quando percebeu que não o ligáramos na tomada, relaxou e riu. Com a perícia do mágico que quebra um ovo e do ovo surge uma pomba, ele afastou o aparelho da parede, pegou o fio que pendia inútil e esquecido, ligou-o — e, maravilhosamente, o som de uma valsa vienense encheu a nossa sala, a nossa noite, a nossa alegria.

Foi esse o meu primeiro trombo com os aparelhos que se ligam às tomadas elétricas, com aquilo que, com algum exagero, poderia chamar de "tecnologia de ponta". Daí para cá, seguiu-se o longo desfilar de escaramuças e prejuízos, incluindo geladeiras, barbeadores, ar-refrigerado, gravadores, aparelhos de som, facas elétricas — agravados pelo advento da era eletrônica que entupiu meu cotidiano com micro-ondas, vídeos a serem programados, fax, o diabo.

Bem ou mal, ia levando até que vi, entronizado como ponta de lança inimiga na minha cidadela, o primeiro computador.

Chegara o momento da verdade. A geração de jornalistas que me antecedera fora marginalizada pela máquina de escrever. O pai pertencera a essa turma, nunca se adaptara, chegava a catar milho mas — segundo suas próprias palavras — ficava oco, "sei onde estão as letras mas não sei o que fazer com elas".

Agora era a minha vez. Ou decifrava a Esfinge eletrônica ou por ela seria devorado. A princípio, julguei-me desgraçado. Afinal, bem podia ter pendurado minhas chuteiras sem necessidade de encarar um desafio para o qual estava despreparado. A lembrança do *Pilot* enguiçado, Seu Ângelo de pijama dando palmadinhas no nosso rádio, foram as imagens que me perseguiram quando vieram instalar um computador em minha sala.

Os homens entraram com a cangalha ainda encaixotada, recebi-os como Anjos Exterminadores, anunciando que minha hora chegara. Lembrava o pai enfrentando uma Olivetti contemporânea do naufrágio do *Titanic*: não adiantava saber onde estavam as letras, o importante era saber o que fazer com elas.

Logo descobri que o computador podia funcionar como uma simples máquina de escrever, apenas bem mais dotada. Depois de um jejum de 23 anos, em menos de um mês desovei um quase romance e logo em seguida um outro e depois um terceiro. Minha tecnofobia continua em alta, cultivo um pacto mortal com aparelhos sofisticados mas, também, que diabo, não sou idiota ao ponto de recusar a evidência.

Contudo, cada vez que ligo o computador, nunca esqueço de olhar o fio da tomada. Espero que a luzinha verde do transformador se acenda — nem tenho mais Seu Ângelo à minha disposição, com seu pijama e sua cadeira de vime na calçada, para vir dar palmadinhas no meu já superado 486. Cumprido o fundamental, tenho a certeza de que novamente uma valsa vienense inundará meu espaço e alegrará a minha noite.

O pastor e a princesa

Um jovem pastor, de cabelos louros e cacheados (façamos uma homenagem ao lugar-comum), andava pela floresta quando, de repente, ao atravessar uma clareira, viu enorme e formoso castelo.

E na torre mais alta, uma linda princesa de tranças também louras e olhar sonhador. Os dois se olharam e, a partir daquele dia, todas as tardes o pastor ia à clareira e ficava olhando a princesa que também olhava para ele.

Ele suspirava, sabendo que jamais poderia entrar no castelo e ver de perto a princesa. Eis que, um dia, encontrou uma velha na floresta carregando pesado feixe de lenha. O jovem pastor a ajudou e a velha logo se transformou numa fada e disse que realizaria qualquer pedido dele.

"Quero ser um príncipe para entrar naquele castelo!", pediu o pastor. A fada advertiu-o de que realizaria o seu desejo mas que ele jamais poderia voltar a ser o que era. O jovem foi em frente. Seria um absurdo voltar a ser pastor.

Logo as fanfarras do castelo soaram para o príncipe que se aproximava. A corte recebeu o visitante com banquetes, desfiles, torneios e todas as homenagens. O rei gostou tanto do príncipe que lhe ofereceu a mão de sua filha.

Louco de alegria, o jovem aceitou e quis beijar a princesa. Ela recusou o beijo. Disse que não poderia casar com o príncipe porque estava apaixonada por um pastor louro de cabelos cacheados que todas as tardes costumava aparecer na clareira na floresta. A ele, dera seu coração e somente a ele amaria.

Não sei se inventei ou se li em algum canto essa história cheia de lugares-comuns. Não importa. Não sou jovem nem pastor, não tenho cabelos louros e cacheados. Mas todas as tardes continuo indo à floresta para ver se me acontece alguma coisa.

A casa mal-assombrada

Morava numa casa esquisita, no fim de uma rua que não levava a lugar nenhum. A casa tinha fama de ser mal-assombrada e a rua nem tinha nome. Diziam que ali houvera uma fazenda de café cujos escravos mataram todos os senhores da casa-grande e depois se mataram — antes que fossem mortos pelas forças da lei.

Lenda ou realidade, o fato é que nenhum menino se atrevia a passar por ali. Na infância mais profunda, todos os meus pesadelos tinham locação única e barata: era ali mesmo que os fantasmas da noite me esperavam para fazer das suas sem deixar que eu fizesse das minhas, que se resumiriam em fugir — fuga impossível nas garras do sonho.

Até que um dia, vindo de uma aula de catecismo, decidi cortar caminho e fui dar num atalho que não conhecia. Quis voltar mas a curiosidade de conhecer o mundo me levou adiante. De repente, com pavor no peito e tremor nas pernas, estava diante da casa mal-assombrada.

Olhando bem, era uma casa igual às outras, tinha mangueiras ao lado e uma menina de franjinha na única janela aberta. Ela parecia admirada de ver alguém chegar ali.

Fiquei parado, um pouco pelo medo, um pouco pelo encantamento. Apesar da franjinha, a menina era tão bonita como os anjinhos que havia na igreja de Nossa Senhora da Guia.

Perguntou se eu queria alguma coisa. Não, não queria nada embora querendo tudo — tal como hoje, tantos anos depois.

Quis saber o meu nome, onde eu morava, o que fazia ali. Respondi com honestidade, a mesma com a qual, mais tarde, responderia aos formulários do imposto de renda: a verdade possível.

Depois do interrogatório, veio o convite inesperado: "Quer ser meu namorado?" Disse que sim. Prometi voltar no dia seguinte, embora sabendo que nunca mais botaria os pés naquele chão assombrado.

Creio que foi ali, também, que dobrei a esquina errada na vida. Nunca mais me pediram a mesma coisa. Desconfio que devia ter voltado.

Grande cena dos tomates de Dona Balbina

Dona Balbina — apesar de anedótico, o nome dela era esse mesmo — segurava o cesto de tomates, mostrando-o a meu pai. Era uma portuguesa magra, de olheiras, e se não tivesse ficado em minha memória por outro motivo, teria ficado por um detalhe: foi a primeira mulher de bigode que conheci. Não era um buço, uma sombra no rosto. Era bigode mesmo, ralo, mas bigode. Na rua, os meninos se referiam a ela como a "Bigoduda".

Eu tinha medo dela. Nunca me fizera mal, pelo contrário, certa vez ela me vendeu um apito de barro, era comum os meninos terem um apito daqueles, não servia para nada mas dava status. Na hora de pagá-la, deixei o apito cair. Como era de barro, como todos nós, humanos, quebrou-se. Com pena de mim, ela me deu outro, tirando-o da fieira pendurada na porta de sua quitanda. E ficou por isso mesmo.

Apesar dessa gentileza, tinha medo dela. Frequentava meus pesadelos infantis com seu buço agressivo, as olheiras que faziam seu rosto denunciar a caveira que havia atrás dele. Hoje, tantíssimos anos passados, ainda frequenta meus pesadelos e, sobretudo, minha consciência.

Naquela manhã, o pai pediu que eu fosse à quitanda de Dona Balbina, ele almoçava mais cedo do que o resto da família e amanhecera com vontade de comer salada de tomates — o que era uma extravagância da parte dele, que gostava de comidas fortes, carnes-secas terríveis, lombos de porco luxuriantes, mocotós incrementados, tudo o que era politicamente incorreto e fazia mal à saúde. Ele achava, com razão ou sem ela, que salada em geral — e a de tomate em particular — era coisa de veado (naquele tempo não se dizia veado mas maricas, o que dava na mesma).

Lá fui eu à quitanda em busca dos tomates, com a moedinha amarela dos mil-réis no bolso. Naquele tempo, apesar da geladeira que entupia um canto da cozinha e que era uma pioneira na rua Cabuçu e adjacências, não se fazia estoque de verduras. Elas vinham, matinais e frescas, das hortas vizinhas, não precisavam cumprir o purgatório refrigerado da GE branca e ventruda, um dos nossos orgulhos domésticos.

No meio do caminho não havia nenhuma pedra mas um grupo de meninos que trocavam figurinhas das balas Ruth que todos juntávamos. Quem não andasse com um maço de duplicatas no bolso era um excluído, um pária, um elemento abominável da espécie humana. O fato é que fiquei por aí, esqueci a quitanda. Voltei para casa de mãos vazias. O pai cobrou os tomates, devolvi-lhe a moedinha, disse que os tomates haviam acabado.

O pai substituiu a salada por linguiças formidandas, com dois ovos fritos em cima. Para todos os efeitos, estava bem alimentado para a faina do seu dia, que muitas vezes consistia em nada fazer a não ser trocar outro tipo de figurinhas com os colegas das redações do Rio — que tampouco nada faziam.

Esqueci a quitanda e dediquei-me a consertar o velocípede do irmão menor, que tinha perdido uma das rodas. Fui chamado às pressas à quitanda de Dona Balbina. Minha presença era requisitada pelo pai, como testemunha de acusação.

Deu-se que ao ir pegar o ônibus, ele passara pela quitanda e vira, bem à porta, o cesto de tomates de Dona Balbina. Armou um escândalo, Dona Balbina soluçava, proclamava que naquela manhã ninguém fora comprar tomates.

Vivi os piores momentos de minha vida (viveria outros igualmente piores mas este foi o inaugural, o mais devastador). Cheguei à quitanda, Dona Balbina exibia o cesto cheio de tomates. O pai exigiu que eu confirmasse a negativa dela em me vender os malditos tomates. Eu confirmei. Dona Balbina deixou o cesto cair, os tomates rolaram pelo chão, ela erguia os pulsos para o céu, clamando justiça para ela e castigo para mim. O pai encerrou a contenda com uma sentença que ouço ainda, em minhas noites de pânico: — "Filho meu não mente!".

Era uma forma de elogiar-se a si mesmo, às minhas custas. Na verdade, o pai era tão mentiroso quanto eu, herdei-lhe esse defeito genético, embora suas mentiras fossem inocentes, não causavam malefício. As minhas sempre foram mais graves — sendo a mais grave de todas a dos tomates de Dona Balbina.

Meses após, ao fazer a primeira comunhão, foi esse o pecado mais sério que confessei. O padre me absolveu, Deus me absolveu mas eu nunca me absolvi. Séculos se passaram, não progredi na senda do crime, jamais violei sepulturas, não estuprei freiras, nem degolei criancinhas. Mas volta e meia acordo encharcado de suor, o coração na boca, como se tivesse cometido um crime monstruoso que ainda devo purgar.

Dona Balbina, com seu buço de portuguesa peluda, suas olheiras, seu cesto de tomates, frequenta minhas noites de pavor. "Filho meu não mente!" Dona Balbina foi embora deste mundo, o pai também foi embora. Sobrei eu com a sinistra herança de ser fiel à verdade — que quase sempre é a forma submersa da vergonha.

O gigante em coma

O garoto jogava bola de gude sozinho, ou melhor, consigo mesmo, fazendo esforço para não roubar e não ser roubado. Em casos de dúvida, dava vantagem para o outro — que era ele próprio. O portão do jardim fez aquele barulho que o menino só ouvia à noite, quando o pai chegava do trabalho.

Foi ver o que era. Era o pai, que largara o emprego e se refugiava em casa com uma dor de cabeça que definiu como "colossal". Ele nunca ficava doente, não tinha dor de dente, dor de cabeça, nunca ficava resfriado. E, de repente, largava tudo e vinha se encafuar nos seus lençóis, reclamando da claridade, pedindo silêncio, que janelas e portas fossem fechadas.

Até aí, tudo bem. Era do direito de qualquer enfermo. O garoto foi espiar o gigante em coma. O pai era contra remédios industrializados. E, como nunca ficava doente, o recurso que usou foi espantoso.

Antes de se enfiar na cama, ele passara pela cozinha, cortara uma batata em finas rodelas, colocara a batata fatiada na testa, formando a metade de uma coroa desproporcional com a cabeça. Amarrara as rodelas com um pano e se deitara.

O garoto ficou olhando, deslumbrado e, ao mesmo tempo, apavorado. Nunca vira o pai assim, tombado à luz do dia. Ainda mais com aquelas rodelas de batata que, fritas, combinariam com um bom bife. Por que o pai inventava essas coisas? Quem era ele para desprezar os remédios que o Dr. Pinheiro receitava para os outros, as gotas de *alium sativum*, o óleo gomenolado para o entupimento do nariz?

Perdeu a vontade de continuar jogando bola de gude. Continuou sozinho, mas não se sentia mais sozinho. Tinha agora, diante de si, aquilo que ele poderia considerar o maior espetáculo da Terra.

Ao cair da noite, o pai jogou fora as rodelas de batata, comeu com esganação um frango inteiro e foi ouvir na vitrola Beniamino Gigli cantando árias da *Tosca*.

Herança das Cinzas

A quarta-feira de Cinzas era um dos dias que mais esperava. O Carnaval nos pegava na fazenda de Itaipava, para onde o seminário se deslocava logo depois do Natal. Os três dias de folia, lá fora, não chegavam até nós.

Nosso padeiro, Zé Bolacha, caprichava nos pães e tortas, havia sempre o final de um campeonato entre as divisões, quem não tinha esfolado as canelas até então, dificilmente escapava dessas finais — quando valia tudo, inclusive xingar a mãe, desde que fosse em latim.

Não era por isso que esperava o dia de Cinzas. Na véspera, eu examinava mais uma vez as matas que circundavam o açude cujas águas moviam o nosso gerador. A copa das árvores formava a mancha verde que só em alguns pontos era quebrada pelas folhas prateadas das embaúbas.

Quando padre Cipriano mudava os paramentos na sacristia, colocando as casulas roxas no altar, as matas explodiam nas flores roxas que marcavam o topo das quaresmeiras. Era um mistério e, ao mesmo tempo, um deslumbramento. A natureza mandava na liturgia ou a liturgia é que mandava na natureza?

Qualquer que fosse a razão, era cedinho que eu levantava e espiava pela janela do dormitório o milagre anual e roxo. Naquele tempo, a cor tinha a fama de triste. E eu já cultivava excelente mau gosto. Amava aquele roxo que surgia, orvalhado e forte, das entranhas da mata, assombrosa coincidência entre o calendário dos homens e a rotina do mundo.

O roxo na capela e o roxo nas matas anunciavam que as férias acabavam e havia uma certa melancolia, um clima de fim de festa. A disciplina, que já era pouca, ficava mais relaxada e eu podia fugir para o açude. Tentava contar as quaresmeiras: era impossível e, sobretudo, inútil. Até que um dia descobri uma quaresmeira amarela no meio das outras. De início me espantei, ignorava que houvesse variedade na espécie, imaginava que todas deviam ser forçosamente roxas.

Eu me senti roubado. Mesmo assim, fiquei solidário com aquela fronde amarelada, um amarelo jovem e vegetal, que entre outras coisas me ensinou a ser sozinho.

Camarão!

Pensei que fosse passeata: a rua da Assembleia estava cheia de gritos. O trânsito parado, gente pelas calçadas, nas janelas dos prédios, senhores de pasta na mão correndo, aderentes às paredes.

Imaginei um assalto a banco, um suicídio, alguém se atirara de um décimo andar e por isso todos foram para a janela olhar o morto. Num ônibus, motorista e passageiros batiam com as mãos na lataria, cadenciadamente, repetindo uma palavra de ordem.

Um guarda também passou correndo, mas não atrás de meliante, passou rindo, com ginga de moleque, fugindo de alguma coisa. Que seria aquilo? Tomei informações com um ceguinho que pedia esmola na esquina, ele também estava rindo: "É o Camarão!"

Ia perguntar que camarão era mas não foi preciso. Das janelas de quase todos os prédios, percebi que gritavam a mesma coisa: Camarão! Camarão! Camarão!

Andei mais um pouco e vi um sujeito de seus 40 anos, até que razoavelmente bem-vestido, barba caprichada, não era um mendigo em frangalhos. Gesticulava em todas as direções, ou melhor, dava bananas em todas as direções e xingava a mãe de todo mundo, incluindo a minha.

Ele estava no meio da rua, impedindo o trânsito, mas ninguém buzinava nem reclamava, todos continuavam gritando "Camarão!" "Camarão!" Volta e meia, Camarão ameaçava uma corrida, todos se afastavam mas logo nova roda se formava em torno dele, Camarão! Camarão!

Informaram-me que era um aposentado (alguma doença no sistema nervoso) que todas as semanas vinha a um banco receber dinheiro. Um dia, fez qualquer coisa e ganhou o apelido que logo se tornaria uma ovação. Todas as semanas, à mesma hora, Camarão é esperado.

Tão logo dobra a esquina da avenida, a rua em peso larga o trabalho, esquece a faina humana e todos voltam a uma infância que Camarão recria naquele pedaço de cidade. A rua se transforma num pedaço da memória onde todos se reencontram como meninos que um dia foram.

As mãos do homem

Durante vinte anos esperara aquele momento: o fim do regime que o levara seis vezes para a cadeia. Programara com amigos um pifão solidário com a festa que o povo preparava nas ruas. Mas agora, justo no instante em que nasce o grande dia, ele está diante do homem que acaba de morrer.

Durante as últimas semanas, acompanhara a luta dele contra a morte, uma luta cruel, desigual: o homem teimava em viver, julgava que tinha o direito de viver sempre, por isso nunca pensara em enriquecer, em querer nada que não fosse pura e belamente *viver*.

Fazia tudo o que tinha vontade e no dia em que completara 90 anos foi comer o angu do Gomes na Praça Quinze, depois entrou numa agência de viagens, assuntar uma comprida viagem pelo Amazonas.

Essa fome de viver acabara no último Natal: quis descer para a sala, fazer a ceia com muito vinho e muitas castanhas, mas a fraqueza o impediu — e ele ficara lá em cima, na poltrona do seu quarto, olhando as paredes — sobram sempre as paredes para aqueles que vão morrer.

Depois, a etapa derradeira: o corpo pifara, somente o cérebro comandava seus braços que se agitavam querendo abraçar as pessoas que o cercavam.

Sim, agora tudo acabara. Ele contempla as mãos do homem. Estão quietas, finalmente, depois da agitação dos últimos dias, depois de sua missão pela vida inteira. Mãos que não se gastaram em 55 anos de jornalismo antigo.

Quando apareceram as máquinas de escrever, o homem tentara se adaptar, mas suas mãos estavam prisioneiras do lápis (só sabia *pensar* a lápis) e das velhas tiras de papel, feitas com sobras das bobinas que alimentavam a velha rotativa do jornal.

Mãos espertas em muitos ofícios do viver, faziam brinquedos para a infância dos filhos, e, pelo Natal, aqueles fantásticos presépios, a gruta iluminada, a estrela que conduzia os Reis Magos coberta de purpurina prateada.

Mãos que ajudaram o filho: um defeito na fala impedira o menino de cursar as escolas, o jeito foi ensinar o garoto a escrever e a ler, aquela mão que agora está parada segurava a mão do guri e ia desenhando as letras, até hoje o filho tem a mesma letra do pai.

Sobretudo, mãos que fabricavam os balões que encheram a infância do menino, balões enormes, coloridos, encantados — quando o prefeito Pedro Ernesto, seu compadre, saiu da prisão do Estado Novo, o homem fizera um balão bordado, maior do que o pé de cajá-manga que havia no quintal, e cada folha de papel fino era trabalhada, lavrada como renda.

À noite, o balão iluminado se transformara em gigantesca lanterna mágica que subiu ao céu, levando a mensagem de sua liberdade.

Sim ali estão aquelas mãos quietas, para nunca mais. A grossa aliança de ouro, duplicada pela aliança da primeira mulher — apesar da idade, ele não suportara a viuvez por muito tempo, oito meses depois estava casado de novo.

Mãos que, depois de morto, nem pareciam cansadas: apenas repousavam sobre o peito, finda a maravilhosa função do seu viver.

Mãos que começaram a ficar mais brancas e mais quietas: dentro delas, o nada cheio de tudo o que ele fora. Mãos que, antes que se apagassem definitivamente, foram beijadas pelo filho — mãos de meu pai.

Coração em chamas

Era tão feio que nunca se atreveu a ter namorada. Além do mais era tímido. O máximo de ousadia a que chegou foi escrever para uma revista que mantinha um consultório sentimental.

Declarou-se em disponibilidade para um relacionamento amoroso. Assinou a declaração com um genérico e promissor "coração em chamas". Pensou melhor e mudou para "coração solitário". Pensou melhor ainda e nem mandou a mensagem.

O tempo passou, envelheceu e começou a navegar na Internet, não por prazer mas por necessidade: trabalhava numa loja que vendia material eletrônico, se não tinha jeito para muita coisa, dava conta do recado.

Uma noite, encontrou a mensagem esquisita de uma mulher de 35 anos, moradora em São Paulo. Declarava-se cansada de esperar o verdadeiro amor. Assinava com o mesmo "coração em chamas" que ele não tivera coragem de usar. Colocava-se à disposição, via satélite.

Ele odiava aquela expressão: via satélite. O patrão dele quando falava em via satélite, pronunciava a palavra "satélite" como se o satélite fosse dele, propriedade sua. Bem verdade que o patrão não era um coração em chamas, entre outros motivos por que nem tinha coração.

O fato é que respondeu. Deixou seu endereço e nem se assustou quando recebeu mensagem personalizada e detalhada. Marcaram um encontro. Ela revelava sua altura, cor dos olhos, o vestido que estaria usando. Oferecia-se ao exame. Se ele não gostasse, podia ir embora, ela nem ficaria ofendida.

Dia seguinte, no bar de um hotel três estrelas, foi fácil identificá-la. Era até mais bonita do que ele esperava. Na realidade, era até muito bonita. Impossível que houvesse um coração em chamas dentro daquilo.

Aproximou-se. Não haviam combinado uma senha, mas era evidente que ela o esperava e ele a procurava. Olharam-se nos olhos. Ele perdeu a vontade de tudo. Perguntou ao garçom onde era o banheiro. E esperou até que ela fosse embora.

Grande cena com pêssego dourado

Para falar tudo: não dava importância às manias do meu irmão. Achava natural que ele se chateasse quando a mãe me dava um carinho que, aos olhos dele, parecia exagerado ou imerecido. Até que houve o episódio que me marcou de forma contraditória, às vezes me dá um encantamento, às vezes me dá um sentimento de dor e pecado. Pouco a pouco, fui penetrando no subsolo daquele lance, definidor de uma porção de etapas, na minha e na vida dos outros. Foi a partir daquele instante que decidi não tentar compreender mais nada do mundo.

Uma das birras do irmão era a disputa, milímetro a milímetro, do melhor pedaço da torta de maçã, da maior quantidade de banana frita, dos morangos com creme — essas bobagens. Em nossa infância, o pai já era um médico bem-sucedido. As brigas do irmão por migalhas não tinham sentido, eram ridículas. Se o pai estava presente, decidia a questão a favor dele, mandando que a copeira fosse à cozinha e mandasse fazer mais isso ou aquilo. Sem o pai, ele se sentia órfão. A mãe sempre apelava para a justiça na distribuição dos bens que eram fartos em toda a casa. Uma banana frita a mais no meu prato fazia o irmão sofrer, percebia que ela me preferira, diminuindo-lhe um legado de amor, prejudicando-o em qualquer ou com qualquer insignificância. Para ele, em se tratando de mãe, tudo era significante. Um gomo de tangerina ou uma fatia de melão.

Na véspera, a sobremesa tinha sido torta de maçã. Tanto eu como o irmão gostávamos da parte do meio, mais cheia de maçã e com menos massa, e onde havia mais creme chantilly. Distraidamente, a mãe cortou aquele pedaço, estava conversando com o pai, falava de uma prima que breve nos visitaria, eu aproximei meu prato, por gravidade o bocado caiu nele, e tudo ficaria nisso, se o irmão não tivesse uma atitude surpreendente:

— Não quero esta droga!

O pai pediu que a copeira arranjasse uma fruta ou abrisse uma lata de compota, mas o irmão continuou engrossando, a cara amarrada:

— Não quero mais nada!

E saiu da mesa, com raiva.

Só então a mãe percebeu que havia cometido um crime contra o filho mais velho. Geralmente, ela dividia o pedaço do meio em dois, com a exatidão de um caixa bancário que paga dois cheques iguais a dois clientes simultâneos, nem um tostão a mais ou a menos a cada um. Tentou inutilmente corrigir a distração: eu já tinha comido a minha porção.

No dia seguinte, a cozinheira foi ao mercado comprar frutas e verduras. Quando voltou, por acaso a mãe tinha ido à cozinha atender ao técnico que viera regular alguma coisa no fogão novo que apresentava defeito num dos queimadores. Entre as frutas que a empregada trouxera, havia pêssegos, e eu era tarado por eles.

O irmão preferia peras-d'água — fruta que eu sempre abominei. Vez ou outra, o pai mandava uma de suas secretárias buscar peras numa confeitaria da cidade, que importava as melhores, enormes, cheias de caldo, vindas da Argentina, envoltas num papel de seda esverdeado. Meu irmão se fartava. Pêssego era assunto meu.

A mãe falava com o técnico, explicava o defeito do fogão, deixava escapar um pouco de gás — e foi aí que ela viu as frutas trazidas pela empregada.

Eu estava nos fundos do quintal, preocupado em armar uma espécie de cabana, não dessas de índio, vendidas em shopping centers, mas uma cabana de verdade, feita de talos de bambu e folhas de palmeira. Havia duas semanas que vinha trabalhando naquilo. Nem sei por que ou para que fazia aquela cabana, vontade talvez de brincar de náufrago perdido numa ilha, vagamente um instinto de solidão, de isolamento.

Ela me chamou:

— Dá um pulo aqui!

Fui à cozinha, ela já despachava o técnico. Tinha na mão uma pequena sacola. Levou-me para o toalete que servia ao salão. Mandou que eu entrasse. Depois, olhou para os lados, vendo se havia alguém perto. E também entrou. Encostou a porta. Não me lembro se a fechou, acho que não, só encostou. Abriu a sacola e apanhou um pêssego, o maior, o mais belo que vira na vida. E não veria nunca.

— Toma. É todo seu. Coma aqui mesmo. Se ele souber, vai fazer um escândalo.

E saiu. A recomendação estragou, em parte, o prazer de ter comido aquele pêssego dourado e macio, que ela separara para mim, antes que fosse para a mesa e criasse um problema. Mesmo sem apreciá-los com igual intensidade, o irmão exigiria aquela prova de amor e preferência: o melhor e maior sempre para ele.

Foi, realmente, a fruta proibida, nascida da Árvore do Bem e do Mal, aquele pêssego cheio de sumo, lindo em suas cores amarelo-avermelhadas, aquela penugem de seda, um pouco animal. E ele cresceu, cresceu dentro de mim, dentro de minha infância. Eu era o eleito

— e o irmão não passava de um miserável, um condenado. O diabo é que, mesmo sem nunca ter sabido da existência desse pêssego em nossa infância, parece que ele adivinhou tudo. E suspeitou de muito mais, de pêssegos inexistentes.

Mesmo depois que me tornei adulto, nunca tive coragem de lembrar esse pêssego para a mãe. Ela também nunca tocou no assunto. Fez o irmão sofrer, se sentir traído e desgraçado — na pior forma de desgraça, que é a de não saber.

Das vascas do meu avô

Não sei quando nem onde, mas prometi contar um dia a morte do meu avô, episódio que não fará parte de minhas memórias, mas que encerra uma sutil lição de vida e de morte. Pois meu avô morreu numa tarde de maio, após oito dias e oito noites de crudelíssima agonia — frase que foi dita à beira do túmulo por um orador de circunstância. Além de meu avô, era avô, pai, bisavô e quase tataravô de muita gente, razão bastante para tornar sua agonia realmente cruel. Sua casa ficou cheia oito dias e oito noites.

A princípio, todo mundo rodeava o leito, mas com a dilatação da agonia, o pessoal foi se espalhando pela casa. Apareceram camas Drago, um tabuleiro de xadrez, e, pela altura da quinta noite, houve batida num dos quartos e foi flagrado um ferrenho buraco a dez centavos o ponto.

A turma da primeira geração, já cansada da vida e da morte, logo foi largando o moribundo. A segunda geração, na fase madura responsável, cercava o leito, em rodízio. E todos se fiscalizavam para saber quem seria o ingrato que abandonaria o patriarca em hora extrema. A terceira geração tomava conta da casa e rosnou-se que no sábado haveria um vatapá — para aproveitar os diversos escalões da família reunidos.

Mas o sacrário da festa era o quarto do avô. Botaram a cama ao centro e desmontaram os outros móveis, a fim de caber mais gente. Só ficou uma velha cômoda, e mãos pias da família ali improvisaram um altar. Dos guardados de uma tia que estudou na Europa saiu uma litogravura colorida, uma pomba simbolizando o Espírito Santo, Jesus Cristo, Nossa Senhora das Dores e outros santos eficientes para o desenlace. Em volta da pomba, havia palavras francesas em caracteres góticos: *Dieu* — *Coeur* — *Votre Serve* e outras.

Cada setor da família trouxe um padre especial para os últimos momentos. A mesma política arrastara-se por quase dez anos, mas em relação aos médicos. Até que os médicos da família resolveram tomar o doente sob custódia — e aí foi que o caso engrossou e o velho entrou em vascas.

Padre, a família não tinha nenhum, o único que se atrevera era eu, mas ali estava, rodeado de filhas, pecador e incréu, não servia para nada e por isso me olhavam e talvez me odiassem. Uma contraparente do marido de uma das sobrinhas de não sei quem impôs uma médium — houve quase bofetão por causa disso, mas a médium veio, deu passes, depois chamaram um bispo e defumaram o velho e a casa, e houve comunhão geral de quase toda a família para purgar o delito.

Enquanto isso, o avô cumpria seu ofício de morrer e morria aos poucos, numa lentidão que começava a enervar e a dar prejuízos gerais. Até que, de repente, houve um rebuliço no quarto fatal. Juntaram-se todos. O velho, após oito dias de boca aberta e olhos fechados, fechara a boca e abrira os olhos. As duas facções mais idôneas da família empurraram seus respectivos corifeus para a borda do leito. Eram gêmeos e, pela lei tribal, ninguém sabia qual dos dois substituiria o patriarca nos conselhos familiares. Um nome dito naquela hora teria o poder de consagrar e preservar a dinastia. Havia, porém, o temor de que o velho pronunciasse um nome de mulher — Guiomar — seu pecado de mocidade. Isso poderia gerar confusão e pranto.

O jeito foi impedir a mensagem do velho. Colocaram um Cristo escalavrado na cruz de peroba que recebera o último suspiro dos varões ilustres da família e aproximaram a imagem aos lábios do moribundo. Isso impediria a cisão doméstica ou a reabertura de um velho caso. Mas o velho reuniu suas derradeiras forças e gemeu:

— Me deem carne-seca!

E morreu.

A figura augusta do meu tio Augusto

Até hoje não sei se era a voz dele ou ele próprio, inteiro e indestrutível, que me dava medo. Eu pensava que era respeito, todos o respeitavam, mas no fundo, no fundo, eu sabia que era medo. Medo de quê? Ele era inofensivo, agora que estava velho e perdera as cóleras que o tornaram notável e temível em toda Paquetá e adjacências.

Vivia de pijama, dia e noite, sempre limpinho e austero, falava pouco, ouvia pouco e entendia pouquíssimo, mesmo assim era o Júpiter Troante da família, dele vinham as bênçãos de seu coração e os raios de sua justiça.

Não tivera filhos, mas um de seus irmãos se encarregou de fazê-los, irmão que morreu cedo. Trocando o pneu de um velho Ford Bigode, teve um colapso e se foi, deixando nove rebentos que foram recolhidos, sustentados, criados e amados pelo patriarca.

Era meu tio-avô, bem mais avô do que tio e mais Senhor de Todas as Coisas Visíveis e Invisíveis do que o avô e tio. Morara durante anos no Grajaú. Ao se aposentar, mudou-se para Paquetá, onde fora tirano absoluto ao tempo em que era diretor das Águas. Dele dependia o cano problemático que trazia água do Rio para a ilha. Se ele mandava fechar o cano, a ilha toda ficava dias sem água — e esse era o seu poder e a sua glória.

Quando o conheci, já era velho, perto dos 80 anos sempre de pijama limpinho, a voz que ressoava pela casa toda, como a de um ser sobrenatural que dava nome e função às coisas todas.

Como tinha milhões de sobrinhos, não nos identificava com facilidade. Sabia vagamente de quem éramos filhos, trocava nossos nomes, mas era justo e imparcial quando, no café da manhã, cortava com uma faca especial fatias de queijo e as distribuía com equidade, fatias fininhas, diáfanas, tão iguais que pareciam saídas de uma lâmina sobrenatural.

Houve o dia em que fomos na sua lancha a Brocoió, o noroeste soprou de repente, dificultou a volta e, no meio das ondas, víamos o seu vulto na praia da Guarda, de pijama, olhando o nosso sufoco. Não tínhamos medo de naufragar e de morrer afogados, mas de chegar à praia e enfrentarmos a sua voz grave, ressoando no espaço infinito, como a de Deus ao ordenar o dilúvio.

O tempo passou, eu fiquei homem e ele ficou mais velho. Continuou morando em Paquetá, a família se distribuiu por aí, ele ficou sozinho na imensa chácara de Paquetá, com duas sobrinhas tomando conta dele.

Num maio qualquer, quando ele fazia anos, fui visitá-lo. Encontrei-o com o pijama de sempre, parecia o mesmo daquela tarde na praia da Guarda, quando ali ficou até que chegássemos salvos.

Falava pouco, mas sua voz era a mesma. Voz que ressoava mais forte na casa agora vazia, sem mais ninguém, a não ser ele, as duas sobrinhas idosas e o visitante circunstancial que era eu.

Perguntou se eu queria dormir no mesmo quarto que ele. O convite era um privilégio, não era dado a todos, equivalia a uma sagração.

O quarto era grande, bem arejado, com duas enormes camas separadas por uma cômoda de jacarandá que ele havia ganhado de um barão do tempo do Império.

Em minha infância, nunca tivera tanta e tamanha intimidade: dormir com ele, no mesmo quarto, ouvindo seu ronco, se acaso ele roncasse, como os velhos costumam roncar. Bem que uma de minhas primas fez tudo para arrumar um quarto para mim, mas, quando viu que o Grande Tio queria mesmo que eu dormisse com ele, fez-lhe a vontade.

Jantamos, ele tomou uma canja com um copo de vinho tinto, depois foi para o jardim e ficou dando voltas em torno do imenso pé de tamarindo que fora uma das glórias da família — fomos criados à custa do maravilhoso suco de tamarindos de que a formidável árvore nunca deixara de nos abastecer.

Da varanda, eu via a brasa do seu cigarro ficando mais vermelha cada vez que ele tirava uma tragada. Depois, perguntou se eu queria dormir. Entendi. Ele é que ia dormir e me convidava para ir junto.

Éramos então dois adultos, ele velho, 90 e tantos, eu ainda nos 30. E ia fazer uma coisa maravilhosa, inédita: dormir ao lado de um deus, do patriarca que criara, educara e encaminhara toda uma família de sobrinhos e agregados.

Fui ao banheiro, vesti o meu pijama como se vestisse um uniforme. Ao menos naquela noite, ficaria igual a ele. Creio que nunca me vira de pijama, mas nem passou recibo. Aprovou. Esperou que eu me deitasse, só então reparei que havia uma vela espetada num castiçal Murano na sua mesinha de cabeceira. Com gesto lento, como se fosse oficiar uma missa solitária, ele acendeu a vela. Com o castiçal na mão foi à tomada junto à porta e desligou a luz do quarto.

Voltou solenemente para a sua cama, a vela iluminando as paredes e o teto com as imagens trêmulas dos seus passos. Deitou-se lentamente, cobriu-se com dignidade, deu um pequeno bocejo, tomou fôlego e, com um sopro único e viril, apagou a vela.

E, na escuridão daquela noite única, ouvi sua voz de sempre, aquela voz que me dava medo em criança, que tanto me fazia tremer, na bênção que não pedi e me foi dada de graça.

Agulhas de Hiroshima

Pisei de mau jeito num desses caminhos da vida e peguei uma dor no tornozelo que não passava com os recursos da medicina ocidental. Aconselharam-me a alternativa que sempre se busca nessas horas: os complicados macetes da medicina oriental. Daí que adentrou em minha sala um japonês simpático, com o simpaticíssimo nome de Tada.

Ele e suas agulhas. Tada espetou-as não exatamente no local avariado mas em quase todo o corpo. Identificou problemas no baço — e eu nem sabia que tinha baço dentro de mim. Para amenizar o agulheiro em que me transformei, falou de sua vida e de sua quase morte. Morava em Hiroshima, tinha 6 anos quando viu um sol nascer do chão e matar todo mundo em volta.

Tada não sabe nem quer saber por que sobreviveu — nem perde tempo em pensar nisso. Todos os anos, em agosto, faz silêncio de um minuto para lembrar o que viu e não entendeu — e não entende até hoje.

Seu vocabulário em português é pobre, na realidade, é paupérrimo. Não usa verbos, usa apenas substantivos. Descreve aquela manhã de agosto de 1945 misturando alguns desses substantivos: tragédia — tristeza — política. Para ele, política não é apenas companheira da tragédia e da tristeza. Mais do que um sinônimo, é uma causa.

Esqueci de dizer que rosna algumas interjeições, como "ai", "ui", "oooh" e uma variante dessa última, que é "iiih". O resultado é que o meu diálogo com ele corre naturalmente, pois insisto também nas mesmas interjeições, sobretudo na primeira.

Diz ele que a sua pele ainda tem vestígios daquela manhã. Suas agulhas também. De maneira que me sinto, de certa forma, um sobrevivente de Hiroshima. Passei a entender por que não gosto de política. E a confundo com tragédia e tristeza.

O leite derramado

Quando se olhava no espelho, não gostava do que via, mas se aceitava com placidez: ele era aquilo que estava vendo. O tempo passou e até se habituou, afinal, cada um tem a cara que merece.

Com aquele rosto ele trombara com o mundo, fora em frente — mesmo porque ninguém lhe ensinara a ir para trás. Quebrar a cara fazia parte da vida, não sentaria no meio-fio da rua para chorar o leite derramado.

Nem tudo foi aflição de espírito. Tivera seus momentos, não podia se queixar e na realidade nunca se queixara. Um dia, uma das mulheres que lhe deram mais trabalho olhou seriamente para ele e admitiu: "Não sei como fui gostar de um cara com a sua cara."

Ele estava na fase em que a cara vinha naturalmente a seu encontro no espelho, tão neutra que não mais a estranhava. Para ser honesto: volta e meia chegava a gostar um pouco dela, afinal, era assim que os outros o viam e fora assim que ele não sentara no meio-fio da rua para chorar o leite derramado.

Foi de repente: na noite de um domingo em que trabalhara desde cedo num parecer para a Procuradoria-Geral do Estado. Não viu as horas passarem. Quando acabou, era quase segunda-feira e ele não havia tomado banho nem feito a barba. Podia deixá-la para a manhã seguinte mas aprendera com o pai que devia barbear-se todos os dias.

Antes do banho, enfrentou o espelho. Lá estava aquela cara que era a dele. Quando lavou o rosto e o enxugou, alguma coisa misteriosa aconteceu, não com ele, mas com o espelho. Nele apareceu um estrangeiro, um homem que ele nunca vira. Um ou outro detalhe podia lembrar alguém, mas positivamente era um estranho que ali estava.

Não era mais uma questão de aceitar ou não o desconhecido que olhava para ele. Nem era uma cara abominável. Era apenas uma cara que nunca tivera coragem de sentar no meio-fio e chorar pelo leite derramado.

Anatomia das segundas-feiras

Nada a ver com o rock homônimo que fez sucesso há tempos. Também não gosto das segundas-feiras e tenho excelentes motivos para isso. É o dia em que todos os chatos do mundo saem das tocas, infestam ruas, montanhas e vales da vida: é uma invasão, um *apocalipse now*.

Após o fim de semana dedicado a refletir sobre a necessidade de fazerem alguma coisa — já que até então nada fizeram senão aborrecer os outros e a si mesmos — os chatos decidem a cada segunda-feira iniciar o futuro que começa a cada dia, a cada semana e, em especial, a cada segunda-feira.

Essas resoluções nascem da fossa crepuscular dos domingos. Tão logo o Sol se levanta na segunda-feira decisiva (que são todas elas), eis que a turba se ergue dos túmulos da mediocridade existencial e sai à cata das oportunidades, da concretização dos propósitos. É na segunda-feira que todos os que ainda não chegaram lá se repõem em dia com velhos projetos, antigas ambições. Dessa vez vai. Ou melhor, dessa vez vão.

Vão é poluir a vida dos outros. Procuram amigos e ex-amigos, fazem sondagens no mercado, forçam coincidências. Na terça-feira o entusiasmo diminui, acaba na quarta-feira e no resto da semana tudo volta ao que era antes, exceto nas sextas-feiras, quando os mais insistentes buscam reatar os contatos, tentam um *replay,* uma avaliação das possibilidades ameaçadas na segunda-feira. E forçosamente transferidas para a segunda-feira seguinte.

A sabedoria ancestral dos judeus ensina que não se deve começar nada de importante nas segundas-feiras. É o dia que os antigos dedicaram à Lua, um cadáver astral que rola em torno da gente, inútil e deletério, que serve somente para influenciar as marés e o ciclo menstrual das mulheres.

Por tudo isso, acho que houve engano dos historiadores quando afirmam que Cabral avistou o Brasil num domingo. Deve ter sido numa segunda-feira.

Tentativa de explicação dos apelidos

Faz algum tempo, a barra não andava tão pesada para o meu lado, uma editora da praça encomendou-me um livro sobre os apelidos. Achei o assunto divertido mas a tarefa me obrigaria a pesquisas, não havia computador ainda, passaria horas, dias e semanas enfrentando a velha Remington que me garantira o pão, eu não estava farto dela, ela é que se fartara de mim. Por um motivo ou outro recusei o trabalho, nem por isso o tema deixou de me fascinar.

Antes de entrar na extensa relação dos apelidos, seria necessária uma introdução tentando explicar aquilo que nossos ancestrais chamavam de "alcunha". Em linhas gerais, essas tais alcunhas dividem-se em três grupos: as óbvias, as histórico-geográficas e as aleatórias. As melhores são essas últimas, que nascem não se sabe como e ficam não se sabe por quê.

Os apelidos óbvios entram pela cara, não precisam de nenhum adjutório para serem entendidos. São politicamente incorretos, como o "coxo", o "caolho", o "perneta" o "gaguinho", o "deixa-que-eu-chuto", o "pato rouco", que é o sujeito fanho. O aleijadinho entra na categoria.

Há variantes na categoria, como o "Careca", que na maioria das vezes é um cara cabeludo. E o "Farol da Barra", que geralmente é um sujeito apagado, quase invisível.

Os apelidos histórico-geográficos tendem a ser eruditos. Aprecio personagens que passaram à história como Pepino, o Breve, Henrique, o Grosso, Luís, o Piedoso, Ivã, o Terrível, o Barba-Roxa, o João Sem-Terra. Os geográficos são simbólicos: um "Baiano" muitas vezes é "Cearense" e vice-versa.

Os aleatórios dividem-se em explicáveis e inexplicáveis. Entre os explicáveis, está Tiradentes, que foi um arranca-dentes no batalhão onde servia como alferes. Entre os inexplicáveis, Garrincha e Cuba — um crioulo que morava na Ilha do Governador e que nunca foi a Cuba nem sabia onde era.

Bons mesmo, são os apelidos que desfilam em nosso cotidiano. Lembro um professor de geografia cujo nome esqueci mas cujo apelido era "Coordenada Terrestre". Evidente que ele usava essa expressão em suas aulas, mas usava outras também, como fuso horário, linha imaginária, bacia hidrográfica, região equatorial etc. O que pegou foi a coordenada terrestre.

Conheci um barítono do coro do Teatro Municipal, cujo nome também esqueci. Todos o chamavam de "É hora!". O apelido é um pouco difícil de explicar mas vamos lá. No terceiro ato da "*Tosca*", o pintor Mario Cavaradossi está para ser fuzilado no Castelo Sant'Angelo (antiga Tumba de Trajano). Canta uma das árias mais conhecidas do repertório, tem um dueto com Tosca e, novamente sozinho, prepara-se para o grande final.

Na penumbra do amanhecer, eis que aparece o guarda que vem buscar o prisioneiro para o fuzilamento. Seu papel reduz-se a duas palavras: "È ora!" O sujeito estudara canto a vida inteira, fizera cursos no exterior, exercitava a voz diariamente. Tudo isso para quê? Uma vez por ano enfrentava maquiagem, botava uma farda complicada fedendo a naftalina, esperava o contrarregra dar o sinal, olhava o maestro no poço da orquestra chegar ao compasso e berrava para a plateia horrorizada: "È ora!"

Outro que conheci atendia pelo apelido de "Duzentos Mil-Réis". Também merece explicação. Antes da era dos sorteios tipo Papa Tudo, havia o do jogo do bicho, que era clandestino, ninguém sabia e ainda não se sabe como é sorteado. O outro, duas vezes por semana, era o da Loteria Federal, que sendo oficializado, merecia a honra de ser transmitido por uma rádio da época.

Pegavam meninos de um asilo e duas esferas cromadas rolavam. Uma dava o número sorteado, a outra dava a quantia premiada. Um dos meninos cantava uma espécie de ladainha, um cantochão lúgubre: "Cinco mil, trezentos e noventa e sete..." O outro menino apanhava a bolinha correspondente e emendava no mesmo tom triste, desolador: "... Duzentos mil-réis!"

Como os prêmios eram muitos, a ladainha durava a tarde inteira. Eu tinha pavor desse programa, mas havia gente que o ouvia religiosamente, mesmo sem ter jogado na Loteria.

Já adulto, trabalhando em jornal, um dia esbarrei com um revisor (por sinal, muito bom), cujo apelido era "Duzentos Mil-Réis". Um dia, tomando um chope no Marialva, o bar em frente ao jornal, perguntei-lhe a razão do apelido. Ele havia sido um dos meninos do asilo que, duas vezes por semana, ia à extração da Loteria Federal e cantava a quantia relativa aos prêmios.

Arrastava o apelido desde criança, não se importava com ele, casara, tivera filhos, comprara uma casinha em Cachambi, estava apertado. Perguntou se eu podia emprestar-lhe 200 mil-réis até o final do mês. Evidente que emprestei.

Ele nunca me pagou, mas eram apenas 200 mil-réis. Pior para mim seria se ele, na infância pobre, ao invés de cantar os prêmios menores, cantasse o prêmio maior da Loteria Federal, que naquele tempo, se não me engano, era de cem contos de réis.

O Carnaval e o menino

"No grande teatro da vida/vão levar mais uma vez/a revista colossal: / Pierrô, Arlequim, Colombina/ vão a preços populares/ repetir o Carnaval". Taí a quadrinha de antiga, memorável marchinha, esqueci o seu autor, lembro a letra, a música e o jeito de Mário Reis em antecipada bossa nova, aí pelos anos 30, eu era menino e esperava o Carnaval (que os jornais xingavam de "tríduo momesco") com certo temor, medo dos mascarados e, ao mesmo tempo, vontade de ser um deles.

Até que fui — e não apenas durante o Carnaval. Grudei na cara várias máscaras, várias caras — e se não obtive poder e glória, ao menos sobrevivi quieto e no meu canto, fazendo um tipo de Carnaval a meu modo, interior, doído, véspera de Cinzas.

Já fiz mais ou menos de tudo no Carnaval. Desde os retiros espirituais no seminário (segundo as santas regras de Santo Afonso Maria de Ligório) até o retiro forçado na cela da Polícia Especial, ali mesmo, na rua Barão de Mesquita, onde a ditadura cismava de meter os adversários do regime.

Também já fui a bailes e a outros folguedos, geralmente a trabalho, que a profissão é áspera e exige cara de pau, não raras vezes pau na cara. Tudo bem.

Para vergonha e opróbrio dos meus descendentes até a milionésima geração, saí de morcego, em criança, assustando outras crianças em Paquetá. Minha mãe havia confeccionado complicada fantasia de chinês (ou japonês, dava na mesma), cuja atração principal era o chapéu de cartolina, em feitio de chapéu de chinês mesmo.

Tomaram meu silêncio como aprovação, nem quiseram saber minha opinião. Suei frio ao me imaginar com aquele chapéu, mas aí o meu irmão virou a mesa (ele ia sair de reles marinheiro americano, não era bem uma fantasia, mas um quebra-galho carnavalesco) e urinou em cima do meu chapéu chinês.

Não havia tempo para a fabricação de outro artefato elaborado como aquele. Meu pai deu-lhe alguns safanões por conta do chapéu e de outras patifarias menores que iam se contabilizando na ficha de seu comportamento.

Minha mãe foi ao armarinho, comprou pano preto, a horrível máscara preta pendurada do lado de fora da loja, máscara que cheirava a papelão e a cola — e assim passei e passeei os três dias que chamavam de folia pelas ruas desertas e cheias de sol de Paquetá, dando susto nas crianças que conhecia e evitando aquelas que não conhecia, podiam ser mais fortes do que eu e aí o sovado seria eu, com máscara e tudo.

Quando a tarde caía, eu de morcego, botava a máscara de grandes orelhas em cima da cabeça e voltava para casa sentindo-me mau e amaldiçoado, perguntando-me sem resposta: quem foi o cretino que inventou essas coisas?

Em casa, todos queriam saber se eu havia gostado do meu Carnaval. Respondia que sim, não queria complicar a vida dos outros, bastava a minha própria complicação. Se respondesse que não, seria obrigado a dar explicações, o melhor era ir na onda para me deixarem em paz.

No rádio, tocavam as músicas do ano, cada ano tinha repertório próprio, Mário Reis, Chico Alves, Orlando Silva, Sílvio Caldas estavam em todas, o grande teatro da vida, o pierrô, o arlequim, a colombina a preços populares — meu pai não achava os preços tão populares assim, pagava os tubos para entrar nos bailes, fantasiava-se de remador do São Cristóvão; era dos raros, raríssimos torcedores do clube da rua Figueira de Melo —, minha mãe não se fantasiava mas achava tudo bonito, e numa madrugada ela me acordou e pegou pela mão, me levou até a ponte onde aportava a última barca trazendo os escombros, mutilados pedaços de um rancho que voltava do Rio, os fogos de bengala ainda vivos e azulados iluminando as espumas que vinham morrer na praia dos Tamoios, as lanternas de vidro colorido refletidas nas cabeleiras empoadas dos mestres-salas. Ao pisar a terra firme, o rancho renascia de seu cansaço e se arrastava uma vez mais na marcha-hino que louva e eterniza a ilha, "Paquetá é um céu profundo / que começa neste mundo / mas não sabe onde acabar", o ritmo lento, e aquelas luzes que ficavam mais tristes e mais vivas dentro da madrugada, longe o faroleiro do Xeréu apagava seu facho vermelho, e na manhã seguinte eu vestia o morcego, a máscara com cheiro de papelão e cola, suada já, e eu sozinho, eu-morcego, batendo as ruas cheias de sol, encontrava outros meninos-morcegos, era uma espécie de fantasia oficial dos meninos de Paquetá, e sentia frio na espinha quando esbarrava com uma caveira, de camisola branca e encardida, a cruz preta nas costas, devia ser um garoto igual a mim, mas nunca se sabe, e esta dúvida me perseguia a tarde inteira, por que botam caveiras nas ruas no Carnaval? — e eu não entendia o grande teatro da vida (tampouco o entendo agora) nem a revista colossal, mas compreendia o pierrô de alvaiade, o branco rosto banhado de luar, o luar de Paquetá, céu profundo que começa neste mundo e não sabe onde acabar. Quando tirava a máscara, ela estava molhada de suor. Um suor tão salgado e tão meu que parecia lágrima.

Grande cena de um sábado na Lagoa

"É terminantemente proibido estacionar carros em cima da ca..." O sujeito passara a manhã desenhando o aviso em forma de cartaz. É síndico de um edifício na Lagoa e deseja proibir alguma coisa. O letreiro era a solução. Síndico na vida do edifício e dono de uma relojoaria na vida em geral, não tem bossa nem prática no desenho: abrira uma lata de tinta vermelha, calculara mal o tamanho das letras, não visualizara o espaço de que dispunha e aí estava, a cartolina branca que mandara o porteiro comprar era pequena para conter tamanha proibição.

Olho por cima do sindical ombro e procuro adivinhar o que está em vias de ser proibido de forma tão terminante. É terminantemente proibido guardar carros em cima da cama? Em cima da casa? Da camisa? Da cadeira? Da cabeça? Nenhuma frase faz sentido.

Até que o compenetrado síndico e improvisado pintor consegue encaixar mais uma letra, um ele: "É terminantemente proibido guardar carros em cima da cal...". Não terminou sequer de desenhar o ele. Perde a paciência e joga ao chão a obra de toda uma manhã. Mete a mão no bolso:

— Vá depressa comprar outra cartolina. A maior que tiver.

Os porteiros, que servem a todos os moradores com dedicação e filial afeto, têm um jeito específico de servir ao síndico. Não, não chegam a ser escravos. Mas a rapidez com que o porteiro se precipita à rua para desempenhar a missão é exagerada. E mais exagerada é sua eficiência. Em menos de cinco minutos está de volta com uma cartolina do tamanho de um cinerama.

— Essa dá?

A pergunta é feita sem maldade, mesmo assim o síndico não a aprecia, responde com má vontade:

— Isso é comigo! Vá limpar os tapetes do elevador de serviço, alguém derramou açúcar, pode dar baratas!

E depois, percebendo que fora rude com o porteiro, diz para ele e para si mesmo:

— Bom, fazendo as letras menores, acho que cabe tudo.

E está coçando a cabeça quando se vira e dá com a minha cara inarredável e curiosa. Devo esclarecer que minhas relações com os síndicos nunca são boas. Há diferenças antigas e recentes que estragam qualquer boa vontade entre síndico e sindicado. Não nos esfolamos vivos nem mortos, mas praticamos uma cortesia frugal que é quase um insulto.

Pois o síndico dá com a minha cara e fica furioso. Penso que é pelo fato de ter testemunhado seu fracasso como pintor. Faço ar condescendente e tento consolá-lo.

— Eu também sou uma miséria em pintura... mas se o senhor eliminar o advérbio de modo talvez dê...

O síndico fica alarmado, olha para o cartaz como se nele houvesse um cadáver inexplicado, alguma coisa abominável. Com que então ali havia um advérbio de modo e ele não sabia! Resolvo ser mais explícito:

— Se o senhor tirar o "terminantemente" talvez dê para completar a frase...

Como a melhor defesa é o ataque, ele se volta contra mim:

— O senhor sabe para quem é o cartaz? Sabe quem não respeita a calçada? Quem deixa o carro em qualquer canto?

Até então eu não pensara nisso. Sabia que era um cartaz proibindo, terminantemente, que se estacionassem carros em cima da cal. Hipoteco-lhe minha solidariedade:

— Esses calhordas deixam o carro em qualquer lugar, não respeitam nem a entrada do edifício...

A cara do síndico é uma mistura de pasmo e revolta:

— Mas quem deixa um carro verde aqui em cima? De quem é essa mancha de óleo no piso de azulejos? Quem foi que ontem deixou o carro impedindo a porta da garagem?

Só então percebo que o cartaz é contra mim e contra a minha humilde viatura. Por incúria, por falta de educação comunitária, obrigara um abnegado síndico, homem habituado a joias de ouro e a relógios finos, a gastar a manhã com uma cartolina insuficiente e com uma tinta ordinária que lhe sujara os dedos. Não satisfeito, eu perturbara sua paz moral com aquela ideia de eliminar um advérbio de modo, como se pedisse a ele que matasse um inseto monstruoso que houvesse pousado em sua autoridade.

Era demais. Mas também não é de meus hábitos levar desaforo para casa. Precisava lavar minha honra enxovalhada e, de quebra, a honra de minha viatura antes que ele, invocando a convenção do condomínio, me obrigasse a lavar a mancha de óleo do chão.

— E quem é que tem um pit-bull deste tamanho que já mordeu o carteiro e late a noite toda?

Era ele. O regulamento do edifício proíbe (também terminantemente) que "se guardassem ou se retivessem animais domésticos que perturbem a paz e o silêncio dos demais moradores". E pelo jeito que o cão do síndico costuma latir, é generalizada a dúvida de que se trata de um animal doméstico.

Quites, cruzamos um olhar de ódio e impotência. Lá de cima, das áreas de serviço, desce um aroma de camarão frito, um cheiro bom de sábado e de sol.

Mistério e alucinação

No meu tempo de menino, a viagem a Niterói era uma viagem ao fim do mundo, ao último pedaço de matéria do Universo. Tomava-se a barca na Praça Quinze e, meia hora depois (se a maré não estivesse contra, se estivesse, podia demorar dias), descíamos no outro lado do Cosmos, além do Buraco Negro formado pelo Big Bang.

Tudo parecia diferente: o céu, as nuvens, as pessoas. Não se mudava de cidade: mudava-se de país, de continente. Isso não quer dizer que Niterói fosse o fim da picada. Era apenas longe. Como o reino de Cristo e o Paulo Francis, Niterói não era deste mundo.

Hoje, aqui de minha sala no trabalho, vejo a baía inteira, Niterói inclusive. Sem sair do lugar, posso dizer que estou lá de certa forma. No mesmo olhar reúno os dois pontos mais longínquos de minha infância: o cais da Praça Quinze, onde desembarcou dom João VI e onde meu pai se fartava de comer o pioneiro angu do Gomes; e o cais de Niterói onde o pai certa vez perdeu os óculos e tomou o bonde errado indo parar ninguém — principalmente ele — sabia onde.

O que era uma viagem aos limites do Universo, uma busca do ignoto, uma chegança ao imponderável, é agora um ponto insignificante da paisagem geral que posso contemplar com olhos fatigados, sem direito ao mistério, sem a desculpa da alucinação.

Tudo está ali, no mesmo golpe de vista, não há emoção, nem sequer há viagem. O céu é o mesmo nas duas cidades, mesmas são as nuvens e, na certa, as pessoas serão mais ou menos as mesmas, o Barros, por exemplo, mora em Niterói e trabalha aqui comigo.

Devo ter provado o tal fruto do Bem e do Mal e, consequentemente, ter sido expulso do paraíso que não pedi para ganhar mas do qual não precisava ser expulso assim sem mais nem menos, sem ser consultado. Vivendo agora sem mistério e sem alucinação, é como se tudo fosse ao mesmo tempo e tudo fosse do mesmo lado.

Hino oficial

Os 10 anos de Sabrina precisavam ser comemorados: alugou-se o salão de festas do prédio, encomendou-se o bufê adequado (pipocas, cachorros-quentes, pizzas e refrigerantes) e um som incrementado. Há muito não frequento festas, nem de adultos nem de crianças. Preparei-me para suportar o volume do som, o repertório que combinava com o bufê, as luzes que piscariam de acordo com o ritmo de cada música — uma complicada parafernália eletrônica que é medida em toneladas, como os navios e as safras de soja.

A festança ia alta. Ainda no elevador, senti tremerem as vigas que sustentam o prédio: de longe, parecia uma série de explosões; de perto, parecia que eu afinal penetrava num olho de furacão.

Quando ergueram o edifício ao lado, botaram em funcionamento um diabólico bate-estaca que fazia tremer as paredes. Moradores vizinhos, preocupados com a segurança e com os ouvidos, apelaram para as autoridades, deu em nada. Ninguém se lembrou de dançar ao som do bate-estaca, talvez pela ausência da letra.

Depois de ouvir o tremer das paredes e vigas do prédio, eu próprio tremi, quando examinei o salão. Crianças de 9 a 14 anos, esbaforidas, caras devastadas, agitavam-se ao som de "dança da Xuxa" — que tinha a vantagem de ser cantada em vernáculo. A maioria das músicas era mesmo em inglês — mas se fosse em sânscrito dava na mesma, o entusiasmo seria igual, talvez maior.

Lembrei uma velha história que guardo da infância e que muito me impressionou, na realidade, me impressiona até hoje. Numa cidade do interior, onde parte da população se recusava a ser caipira, foi marcado um baile para quebrar a tradição que fazia da sexta-feira santa um dia especial.

O pagode seria num enorme terreiro onde antigamente os escravos secavam o café. A proposta da festa era desafiar a crendice local e provar que a sexta-feira santa não era de nada. Nesse dia, nem os trens apitavam. Os sinos emudeciam, ninguém falava alto. Era um atraso que precisava ser desmascarado.

Todos então dançariam até a meia-noite. Ao chegar o sábado de aleluia, quando em outras cidades os sinos tocassem e a vida voltasse ao normal, o baile acabaria. Acontece que bateu meia-noite e ninguém parou, pelo contrário, a animação tornou-se mais assanhada. Dançavam em roda uma cantiga folclórica e local: "Ai, meu bendegó, ai, meu bem xodó! Quero ver minha morena dançar o catimbó!" Duas horas da manhã e ninguém parava: "Ai, meu bendegó, ai, meu bem xodó!" Quatro, cinco horas da manhã, o sol nasceu, e ninguém parava, ninguém deixava o terreiro, todos prisioneiros da corrente diabólica.

Entardeceu, logo anoiteceu — e o baile continuava, ninguém pensava em parar. Amanheceu novamente e novamente anoiteceu, e aquela fatia da humanidade, suada, esbaforida, caras possuídas pelo ritmo sempre igual, continuava a cantar e a dançar: "Ai, meu bendegó, ai, meu bem xodó!"

O chão do terreiro começou a ceder, os pés que marcavam o ritmo iam socando o chão — e todos, sem perceber, foram afundando, afundando, dia e noite, semanas e meses, a turma não parava de cantar e pular, "ai, meu bendegó, ai, meu bem xodó!".

E assim, muitos anos se passaram. O chão esmagado pelos pés que não paravam foi se abrindo, abrindo, a terra cobriu o buraco que sepultou para sempre a corrente enfeitiçada.

Até hoje — diz a lenda —, quando alguém passa pelo local e bota o ouvido no chão, há de escutar, vindo das entranhas da terra, o canto monótono e ritmado: "Ai, meu bendegó, ai, meu bem xodó!" E séculos se passarão, e a maldição continuará, com aquele grupo assombrado em torno de si mesmo, cantando e dançando o bendegó e o seu xodó.

Acredito que a história tenha raízes populares antigas e universais.

Pensei nisso quando vi aquelas meninas e meninos, esbaforidos, pulando ao som da "dança da Xuxa". Uma jovem mãe me olhou, desconfiou do meu espanto e confessou que também ela sentia saudade do Elvis Presley e dos Beatles.

Daqui a vinte anos, alguém sentirá falta da "dança da Xuxa". E a humanidade caminhará para o Grande Som Globalizado que nos unirá num satânico e suado cordão, tragado por infinito abismo. Quando os Grandes Frios chegarem e a Terra rolar como um cadáver gelado pelo espaço sem fim, não haverá ninguém para escutar, distante e profundo, o eco perdido de uma perdida humanidade: "Ai, meu bendegó, ai, meu bem xodó!"

Vizinhos e internautas

Estudiosos do comportamento humano na vida moderna constatam que um dos males de nossa época é a incomunicabilidade das pessoas. Já foi tempo em que, mesmo nas grandes cidades, nos bairros residenciais, ao cair da tarde era costume os vizinhos se darem boa-noite, levarem as cadeiras de vime para as calçadas e ficar falando da vida, da própria e da dos outros.

A densidade demográfica, os apartamentos, a violência urbana, o rádio e mais tarde a TV ilharam cada indivíduo no casulo doméstico. Moro há anos num prédio da Lagoa, tirante os raros e inevitáveis cumprimentos de praxe no elevador ou na garagem, não falo com eles nem eles comigo. Não sou exceção. Nesse lamentável departamento, sou regra.

Daí que não entendo a pressão que volta e meia me fazem para navegar na Internet. Um dos argumentos que me dão é que posso falar com pessoas na Indonésia, saber como vão as colheitas de arroz na China e como estão os melões na Espanha.

Uma de minhas filhas vangloria-se de ser internauta. Tem amigos na Pensilvânia e arranjou um admirador em Dublin, terra do Joyce, do Bernard Shaw e do Oscar Wilde. Para convencê-la de seus méritos, ele mandou uma foto em cor que foi impressa em alta resolução. É um jovem simpático, de bigode, cara honesta. Pode ser que tenha mandado a foto de um outro.

Lembro a correspondência sentimental das velhas revistas de antanho. Havia sempre a promessa: "Troco fotos na primeira carta." Nunca ouvi dizer que uma dessas trocas tenha tido resultado aproveitável.

Para vencer a incomunicabilidade, acredito que o internauta deva primeiro aprender a se comunicar com o vizinho de porta, de prédio, de rua. Passamos uns pelos outros com o desdém de nosso silêncio, de nossa cara amarrada. Os suicidas se realizam porque, na hora do desespero, falta o vizinho que lhe deseje sinceramente uma boa-noite.

Teclas de acesso para entender o carioca (I)

O carioca é que nem os absorventes íntimos usados pelas mulheres naqueles dias: apesar de bem situados, não aproveitam o melhor da vida. A culpa é histórica: o Rio foi cobiçado por franceses, depois virou corte portuguesa e, com o advento da República, tornou-se pasto e prêmio para os provincianos que, servindo ao poder, serviam-se da cidade.

O carioca foi ficando pelos cantos, refugiou-se nos bairros menos nobres, ao longo dos trilhos das antigas Central e Leopoldina.

Geograficamente, o Rio que vale a pena começa naquela terra-de-ninguém situada entre os leitos das duas linhas férreas — que caracterizam e determinam o subúrbio — e acaba nas imediações da Praça da Bandeira. Depois dela, sim, vem a cidade que é chata como qualquer outra cidade do mundo.

Para uso comum, o carioca é um fraco abusado simpático que se mete em tudo o que não é da sua conta. No fundo, gosta mesmo é de coxinha de galinha da Colombo, na medida em que olha com desconfiança para os pratos de outras terras.

Os baianos têm vatapá, os mineiros têm os toucinhos, os gaúchos, o churrasco, cada brasileiro tem sua culinária folclórica. No Rio não há nada disso. Além das citadas coxinhas de galinha da Colombo, que o carioca reserva para os dias solenes (casamentos, batizados, aniversários especiais), do que ele gosta mesmo é de ovo frito. Sua comida é simples, sem elementos culturais, coisa rápida e alimentícia. A melhor é aquela que é paga pelos outros.

O carioca é cismado, pior do que o mineiro. Este tem medo do ridículo e por isso se fecha, apavorado com a ideia de que os outros pensem que ele está querendo comprar o bonde ou comer o Pão de Açúcar. O carioca tem reação contrária: ele é capaz de comprar bonde mas sem passar recibo. Antes de os psicanalistas lançarem o conceito de assumir, o carioca já era um assumido sem o saber. Tirante mulher de boa bunda, ele não se deslumbra com nada.

Pois o carioca assistiu a tudo, viu Pinheiro Machado ser assassinado, viu Getúlio suicidar-se. Nas manhãs de golpe, conviveu com os tanques da Vila Militar que entupiam o tráfego já entupidíssimo de suas ruas.

É o único brasileiro que não faz força para vencer no Rio. É mais fácil o sujeito nascer em Guaranhuns e ir morar na rua Barata Ribeiro do que o carioca nascido no Andaraí-Leopoldo atravessar os túneis e ir morar em Laranjeiras. Se consegue melhorar de vida, descola um pequeno sítio em Jacarepaguá e ali acaba seus dias num calor de 40° — ele gosta do calor. Cria galinhas — outra vocação do carioca que aprecia o fato de alguém trabalhar para ele. Ou simplesmente não faz nada, como quase nada fez ao longo da vida, preocupado em arranjar o mais cedo possível uma aposentadoria frugal, que ele reforça com ganhos de circunstância nem sempre confessáveis.

O carioca não nasceu para ser rico, gosta de caminhar pela vida sem chamar atenção mas adora tirar vantagem até onde for possível, desde que não haja complicação com a polícia.

A Zona Sul está para o carioca como o Rio está para o resto do Brasil: gosta-se e desconfia-se. No fundo, a Zona Sul é um imenso quarto e sala tamanho família, com janela dando para o mar, onde gente de todos os lugares se esforça para ser carioca. O habitante da Zona Sul é como turista que desembarca no Havaí com aquele colar colorido e a saia de palha. Todo mundo olha admirado para ele, principalmente os havaianos.

Carioca no duro é devoto de qualquer santo, é supersticioso, aceita todas as religiões sem levar a sério nenhuma delas. Não dá despacho em macumba, sobretudo naquela que ele mesmo botou.

É folgazão para uso externo, mas facilmente cai em depressão, transformando-a em pretexto para arranjar qualquer outra coisa: uma namorada, um aumento de ordenado, uma reforma de título bancário. Ele se vira, modestamente, sem muito orgulho mas sem fossa específica — daí ser capaz de aproveitar o velório da mãe para namorar a mulher do vizinho.

Considera-se respeitador das leis gerais da vida — mas sem fanatismo — afinal, nunca se sabe de onde vem o próximo lance do destino, que pode tornar o carioca mais carioca, ou seja, aquele tipo que aceita a vida sem complicações, sem grandes ambições de poder e glória, mas com capacidade de gozar sua própria dor — desde que isso lhe dê algum lucro.

Diferença fundamental com o Brasil que não é sério e procura sê-lo. E ao usar o pronome de forma castiça, lembremos o finado Jânio Quadros. Prometeu ele que, eleito presidente da República, viria morar no Méier. Se se pudesse definir lagosta dizendo que ela é o contrário de um busto de Napoleão, poderíamos definir o carioca como sendo o contrário do Sr. Jânio Quadros. Mas nem tanto: essa história de vir morar no Méier é digna de um carioca que leva a sério a falta de seriedade. Se Jânio como presidente da República tivesse morado no Méier, tudo teria sido diferente. Menos o carioca, que sempre será o mesmo enquanto houver um oiti ao longo do Bulevar 28 de Setembro, em Vila Isabel, onde nasceram o jogo do bicho e os sambas de Noel que alegram o coração, o olhar e o gesto.

Mila

Era pouco maior do que minha mão: por isso eu precisei das duas para segurá-la, 13 anos atrás. E, como eu não tinha muito jeito, encostei-a ao peito para que ela não caísse, simples apoio nessa primeira vez. Gostei desse calor e acredito que ela também. Dias depois, quando abriu os olhinhos, olhou-me fundamente: escolheu-me para dono. Pior: me aceitou.

Foram 13 anos de chamego e encanto. Dormimos muitas noites juntos, a patinha dela em cima do meu ombro. Tinha medo de vento. O que fazer contra o vento?

Amá-la — foi a resposta e também acredito que ela entendeu isso. Formamos, ela e eu, uma dupla dinâmica contra as ciladas que se armam. E também contra aqueles que não aceitam os que se amam. Quando meu pai morreu, ela se chegou, solidária, encostou sua cabeça em meus joelhos, não exigiu a minha festa, não queria disputar espaço, ser maior do que a minha tristeza.

Tendo-a ao meu lado, eu perdi o medo do mundo e do vento. E ela teve uma ninhada de nove filhotes, escolhi uma de suas filhinhas e nossa dupla ficou mais dupla porque passamos a ser três. E passeávamos pela Lagoa, com a idade ela adquiriu "fumos fidalgos", como o Dom Casmurro, de Machado de Assis. Era uma lady, uma rainha de Sabá numa liteira inundada de sol e transportada por súditos imaginários.

No sábado, olhando-me nos olhos, com seus olhinhos cor de mel, bonita como nunca, mais que amada de todas, deixou que eu a beijasse chorando. Talvez ela tenha compreendido. Bem maior do que minha mão, bem maior do que o meu peito, levei-a até o fim.

Eu me considerava um profissional decente. Até semana passada, houvesse o que houvesse, procurava cumprir o dever dentro de minhas limitações. Não foi possível chegar ao gabinete onde, quietinha, deitada a meus pés, esperava que eu acabasse a crônica para ficar com ela.

Até o último momento, olhou para mim, me escolhendo e me aceitando. Levei-a, em meus braços, apoiada em meu peito. Apertei-a com força, sabendo que ela seria maior do que a saudade.

Lembranças do grande peixe fosforescente

Mulher bonita, mais que bonita: impressionante. Talvez nem fosse bonita, mas bastava olhá-la para nunca esquecê-la. O rosto projetado para a frente, um tipo eslavo, silencioso, pupilas claras que olhavam o mundo sem nunca deixar de ver dentro — sua pátria era ela mesma, aquilo que hoje poderemos chamar de "praia".

Foram muitos os que se apaixonaram por ela — pela mulher, não ainda pela escritora. Durante anos, seus livros ficaram amontoados nos sebos da cidade. Nos jornais e revistas, volta e meia aparecia uma resenha amável feita de estima ou de homenagem à colega — Clarice era também jornalista, creio que trabalhou em *A Noite*, jornal antigo que pertencia ao governo e que teve a sua fase de grande vespertino.

Até ser publicada pela turma da Editora do Autor, ela foi uma curiosa espécie de inédita. Todos sabiam que Clarice escrevia e escrevia bem, mas poucos a liam. Durante anos fez entrevistas, perfis, reportagens para a revista *Manchete*, onde colaboravam Rubem Braga, Fernando Sabino, Paulo Mendes Campos, Vinicius de Moraes e outros que também integravam o elenco daquela editora que mais tarde se chamaria Sabiá.

Não foi a crítica que descobriu Clarice Lispector. Foram os leitores, principalmente leitoras, ao atingirem o nível universitário. O grande público custou a chegar, preferia então um tipo de ficção mais colorido e movimentado. O mergulho introspectivo em nossa literatura era seara de iniciados que apreciavam Cornélio Pena e tinham acesso a Katherine Mansfield.

De repente, sua obra começou a ser lida e discutida, era a preferida para teses de mestrado. Vieram em cascata as traduções e os estudos críticos, publicaram-se, no Brasil e no exterior, os primeiros ensaios acadêmicos sobre sua ficção. Nascia um fenômeno que vinha de baixo para cima, que subia do leitor para a crítica, do limbo para o olimpo editorial.

Mais ou menos pela mesma época, quando seus livros saíram do pó para o destaque nas livrarias e na mídia, um acidente quase a matou. Clarice gostava de escrever em uma pequena máquina portátil, que colocava ao colo. Fumava muito; muitas de suas fotos, hoje tornadas clássicas, a mostram de cigarro na boca. Uns dizem que ela já estava deitada quando cochilou com o cigarro aceso. Saiu do incêndio com queimaduras que cirurgias reparadoras disfarçaram. O belo, o enigmático rosto de Clarice Lispector nunca mais foi o mesmo.

Morava no Leme, num apartamento recuado da rua General Ribeiro da Costa, pouco depois da ladeira onde vivia Ary Barroso. Eram os dois moradores mais famosos do pedaço, e talvez nunca se tenham conhecido. Clarice não era dada à badalação, nem costumava frequentar lugares obviamente corretos.

Desquitada de um diplomata, com filhos já crescidos, ela podia ter entrado em circulação no complicado universo dos "casos". Não faltavam pretendentes. É possível que ela tenha se ligado a um ou a outro, mas sempre discretamente. Paixão para ela não era segundo a carne — não foi à toa que escreveu *A Paixão Segundo G.H.*

Por sinal, esse título nasceu depois de o livro estar quase pronto. No início dos anos 60, ela me telefonou; tinha uma amiga, a embaixatriz Maria Martins, que desejava me conhecer. Pediu que Clarice me levasse a seu apartamento, no Flamengo. Apanhei-a em casa, eu tinha um Gordini cinza, era novidade na época, e Clarice elogiou o carro. Apresentou-me a Maria Martins, conversamos sobre arte, leitura e um pouco sobre política, que estava fervendo naquela ocasião. Depois fui levá-la de volta ao Leme, e ela me perguntou o que eu estava escrevendo.

Não estava escrevendo nada naquele momento. A editora Civilização Brasileira anunciava um novo livro meu, *Paixão Segundo Mateus*, título chupado de J.S. Bach, aliás, chupado dos Evangelhos. Como sempre acontece comigo, tinha o título, mas não tinha a história. Clarice tinha a história, mas não tinha o título. Na crônica que escrevi no *Correio da Manhã*, sob a rubrica "Da arte de falar mal", não a acusei de ter roubado o título que afinal não era meu, era de Bach e do Novo Testamento.

Clarice já se instalara na prateleira mais nobre de nossa literatura, *A Maçã no Escuro* estourara. Ela chegou a pensar em só se dedicar às letras, mas o mercado era pequeno, teve de voltar ao jornalismo, a fazer entrevistas estranhas. Lembro de duas: com o ex-presidente Jânio Quadros e com a primeira-dama de então, dona Yolanda Costa e Silva. Impressionante a sua capacidade de dar conta do recado profissional, traçar o perfil de personalidades que nada tinham a ver com Clarice Lispector, com seu mundo, sua alma.

A diferença é que ela vestia um escafandro para viajar em universo alheio. Sua arte, sua beleza só vinham quando mergulhava nua em si mesma. Branca, enorme peixe fosforescente, iluminava com surpreendentes centelhas o mundo submerso no qual vivia e do qual nos trazia notícia.

O morcego encantado

Em Paquetá, onde em criança passava o verão, durante o Carnaval os meninos se fantasiavam de morcego. Saíamos com a túnica preta de tecido ordinário e a máscara monstruosa que cheirava a cola e papelão.

Os meninos mais ricos saíam de chinês, bigodes feitos com rolha queimada, a sombrinha colorida que me enfeitiçava. Eu jamais sairia de chinês, jamais consentiria que meu rosto fosse aviltado com o bigode de rolha queimada. Mas a sombrinha me fascinava.

Meu pai cortou o devaneio com poucas e bastantes palavras. Pensei que fosse apelar para um conceito estético, sombrinha de chinês não combinava com morcego de Paquetá, um argumento assim, mas ele se limitou a proclamar que filho seu jamais usaria sombrinha, coisa de mulher.

Não era caso de abrir as veias em sinal de protesto. Pelo contrário: peguei-me ao morcego, descobri que ele combinava comigo e eu com ele, não me obrigava a coreografias complicadas. Escondido pela monstruosa cabeça de papelão, eu podia continuar eu mesmo.

Ali pelas dez horas, colocava a túnica preta e a máscara, ficava zanzando pelas ruas, não chamava a atenção de ninguém, nada fazia para isso, não era o meu gênero e muito menos o meu Carnaval.

Até que tudo acabou, não na quarta-feira como no samba do Tom e Vinicius, mas no domingo. Ia desprevenido pela rua Tomás Cerqueira, em direção à praia de São Roque, quando inesperadamente surgiu uma caveira. Eu tinha pavor, pânico das caveiras. Aceitava tudo no Carnaval — e mesmo fora dele —, mas caveira era demais.

A rua estava deserta, só nós dois, caveira e morcego. Ela quis se engraçar comigo, faríamos uma dupla folgazã. Encharcado de suor, afônico, corri desesperado. Já me haviam dito que não adianta fugir da morte: ela nos espera no final de cada fuga, no fim de cada caminho.

Estou correndo até hoje. Alguns amigos reclamam de minha pressa, estou sempre indo para outra direção, dou a impressão de que não estou em lugar algum. Menino encantado no morcego de Carnaval, continuo fugindo, não da caveira — da qual não tenho mais medo —, mas do morcego.

O homem e o animal

A humanidade ficará devendo à Internet muito mais do que pensa a vã filosofia dos internautas de todos os tamanhos e feitios. Já comentei que devido aos e-mails, nunca se escreveu tanto — nunca se comunicou tanto, até mesmo de forma excessiva. Não vem ao caso discutir o valor desta comunicação. O importante é que, após duas gerações inarticuladas, limitadas ao "oi", ao "legal", ao "tô aí", todos estão preocupados em dizer alguma coisa, em entender mais, em ser mais.

Tomemos como exemplo os grafites, que há uns vinte anos foram elevados à suprema manifestação do espírito da juventude. Cidades inteiras ficaram e continuam emporcalhadas com rabiscos incompreensíveis aos não iniciados. Esteticamente, uma droga. Mas era o que ficava à mão dos adolescentes que desejavam expressar alguma coisa, fosse o que fosse.

No auge do grafitismo, não havia ainda a telinha do computador. Qualquer parede, qualquer muro, qualquer superfície servia para a expressão mais primitiva, que no fundo significava apenas que alguém estivera ali e conseguira fazer aquilo. Linguagem mais do que fechada, e pior do que fechada, inútil. Além de visualmente deplorável.

Com a Internet, o mesmo jovem que comprava spray e arriscava levar um tombo ao tentar sujar a parte mais alta de uma parede, descobriu que com menos esforço e com mais amplitude podia gravar e grafar suas mensagens, dar seus recados.

Daí a realidade de hoje: nunca se escreveu tanto. Gente que tinha horror à caneta e ao papel, que achava a letra, a frase, o pensamento expressões da caretice universal, começa a aderir ao sujeito, ao verbo e aos complementos, aceitando a linguagem literária como o diferencial básico entre o homem e o animal.

Crianças e conchas

Faz muito tempo. Tanto que parece ontem. O menino e a menina estão sozinhos na praia, uma praia com um pouco de vento, muita luz e deserta.

As mães estavam longe, nas duas únicas barracas fincadas na areia. As crianças caminharam pela orla, até um canto da praia onde canoas fatigadas apodreciam ao sol.

Não se conheciam. Era a primeira vez que estavam juntos e não tinham o que falar. A menina sugeriu apanhar conchinhas, havia muitas, ali no final da praia, onde as ondas batiam e voltavam, trazendo restos despedaçados de conchas, misturadas com algas verdes e lustrosas, que pareciam fios de cabelos das sereias que a lenda garantia existirem ali, no trecho final de uma praia terminal.

As duas crianças cataram as conchinhas mas não tinham onde guardá-las, as mãos eram pequeninas. O menino tinha um balde mas não o trouxera. A menina perguntou que cor era o balde do menino. "Azul, com rosas vermelhas e amarelas", o menino disse, mas sem certeza, achava que as flores eram vermelhas, mas não havia rosas amarelas, talvez fossem brancas.

A menina estava sentada na areia e juntava as conchinhas entre as pernas ainda gorduchas. Devia ter 5, no máximo 6 anos. O menino era mais velho e gostava de ver as dobras nas pernas gordinhas da menina. Pareciam as pernas dos anjinhos que havia na igreja onde rezava.

Uma onda mais forte chegou, levou as conchinhas que a menina juntara. Eles ainda tentaram salvar algumas, mas a espuma atrapalhou e perderam o tesouro que haviam recolhido.

Da barraca ao longe, a mãe chamou a menina. Ela se levantou e pediu que o menino voltasse no dia seguinte. E não esquecesse o balde azul. Pediu segredo: "Temos muito tempo. Quando crescer, quero ser dona das conchas do mar."

Do rock

Tocam a campainha e há um estrondo em meus ouvidos. A empregada estava de folga, o remédio era atender o mau-caráter que me batia à porta àquela hora da manhã. Vejo o camarada do bigodinho com o embrulho largo e enfeitado.

— É aqui que mora a senhorita Regina Celi?

Digo que não e fulmino o importuno com um olhar cheio de ódio e sono, mas antes de fechar a porta sinto alguma coisa de íntimo naquele "senhorita Regina Celi", sim, há uma Regina Celi em minha casa, minha própria filha, mas apenas de 12 anos, uma guria bochechuda ainda, não merecia o título e a função de senhorita.

Chamo o homem que já entrava no elevador. Eram CDs, a garota encomendara um mundão de CDs numa loja próxima, e pedira que mandassem as novidades, pois as novidades estavam ali, embrulhadinhas e com a nota fiscal bem às claras.

Gemo surdamente na hora de assinar o cheque e recebo o embrulho. A garota dormia impune, o mundo podia desabar, e ninguém a despertaria do sono dos 12 anos. Deixo o embrulho em cima do som e volto para a cama, forçar o sono e a tranquilidade interior, abalada pelo cheque tão matutino e fora de propósito. Quando ordeno os pensamentos e ambições no estreito espaço do meu pensamento e retomo um sono e um sonho sem cor nem gosto, começa o rock.

Anos atrás, seria começa o beguine. Mas o beguine passou de moda, e o swing, o mambo, o baião e outras pragas vindas de alheias e próprias plagas. Pois aí estava o rock, matinal, cor de sangue e metal, inundando o dia e o quarto com sua voz rouca, seu compasso monótono e histérico.

Purgo honestamente meus pecados e lembro o pai, que me aturava a mania pelos sambas de Ary Barroso. O velho não dizia nada, mas me olhava fundo e talvez tivesse ganas de me esganar. Mas me aturava e aturava o meu Brasil brasileiro.

Hoje, aturo o rock. Vou ao banheiro, lavo o rosto, visto um short e vou para a sala disposto a causar boa impressão à senhorita Regina Celi, que de *baby-doll*, esbaforida, se degringola ao som de U2.

O tapete já fora arrastado e amarfanhado a um canto. Meu castiçal de prata foi profanado com a cara de um tipo até que simpático que naquela manhã ganhara alguma coisa à custa do meu labor e cheque.

A senhorita Regina Celi tem a cara afogueada, os pés e as pernas avançam e ficam no mesmo lugar, o corpo todo treme e sua, até que ela me estende o braço.

— Vem, papai!

O peso dos meus invernos e de minhas banhas causa breve hesitação. Mas ali estamos, eu e a senhorita Regina Celi, uma menina que ainda pego no colo e aqueço com o meu amor e o meu carinho, quando ela tem medo do mundo ou de não saber os afluentes da margem esquerda do rio Amazonas na hora do exame. Ela me chama e me perdoa.

Então, aumento o volume do som, espero o tal do U2 dar um grito histérico e medonho — e esqueço o cheque, a vida e a faina humana rebolando este cansado corpo — pasto de espantos — até que o fôlego e o U2 acabem na manhã e no som.

Velho estojo para novos mil anos (I)

Estamos mudando de século, coisa que, segundo meus cálculos, em geral não muito confiáveis, acontece de cem em cem anos. E, ao mesmo tempo, estaremos mudando de milênio, quando a barra será mais em cima. Se não estou enganado, trata-se de evento que ocorre de mil em mil anos, troço pra burro.

Pessoalmente, não tenho muita curiosidade pelo novo século e, muito menos pelo próximo milênio. Acho que tudo vai continuar como antes, o futuro que nos aguarda pode ser emocionante para a humanidade como um todo mas para cada um de nós, indivíduos, eternos *free lancers* no ofício da vida, ficaremos mais perto daquele fim que nos espera a todos. Morrer no século 20 ou no 21 dará na mesma.

Nascer é que pode ser diferente. Cada ser humano que agora nasce é uma alternativa da camisinha. Antes era diferente. Nascia-se por um ato de amor ou de distração. Muitos nasciam sem querer, é certo, mas com as campanhas contra a Aids e doenças sexualmente transmissíveis, somadas aos apelos de governos e Ongs espalhados pelo mundo, tentando controlar a explosão demográfica do planeta Terra, nascer será uma aventura e, ao mesmo tempo, um ato de contestação.

Como já faz bastante tempo que nasci, se não bater as botas nos meses que ainda faltam, o que me sobrará de importante para fazer é morrer mesmo — e acredito que morreremos da mesma forma que morremos até agora. Não será um problema do novo século, mas nosso. E nem chegará a ser um problema em si, pois não há nenhuma solução no ato de morrer, pelo contrário, morrer é que soluciona todos os problemas.

Li não sei onde que haverá muita confusão no campo da informática e dos computadores. Justamente no milênio que será dominado pela eletrônica, pela digitalização, quando na tela do meu notebook eu poderei transar com a mulher que eu quero, no ambiente que escolher, quando ao toque de uma tecla eu terei acesso aos segredos do Pentágono (que aliás não me interessam) e aos arquivos do Banco Central da Tailândia (que tampouco me emocionam), justamente nesse setor é que se anuncia baita confusão por causa da numeração do novo milênio, que começará com um "2" e não com o inarredável "1" que há exatos mil anos escrevemos em nossos cheques, cartas e documentos vários.

Como o problema não chega a ser meu, deixo a preocupação para os entendidos. Pensando bem, eu poderia até cultivar algum ressentimento contra esses entendidos que bagunçaram os últimos anos de meu obscuro viver, obrigando-me, na idade provecta, a reviver práticas e rotinas do jardim de infância, quando comecei a tomar intimidade com letras, números, com a escrita e a leitura.

Explico-me melhor: no dia em que encarei o meu primeiro notebook, a reminiscência foi a do pequeno estojo escolar que ganhei aos 5 anos, quando fui para o jardim de infância fazer não sabia exatamente o quê. Achava o nome bonito, *jardim de infância*, imaginava que era um jardim mesmo, cheio de flores, lagos, um lugar fantástico, destinado aos meninos bem-comportados e merecedores de uma paisagem especial como prêmio ou estímulo.

Não era nada disso: caí numa sala apertada, onde havia um quadro-negro sinistro que cheirava a giz, no qual estava a primeira palavra que me ensinaram a ler: *Silêncio!* (Não tenho certeza se havia a exclamação, devia estar embutida na própria palavra.) À minha volta, meninos que metiam o dedo no nariz e que olhavam com avidez para a minha merendeira, da qual saía o gostoso cheiro de um pão com goiabada e queijo.

Tudo era estranho e ameaçador mas havia um consolo: eu ganhara de meu pai o tal estojo escolar, uma caixinha comprida, de madeira clara e envernizada, com uma tampa corrediça na qual figurava um ramo de rosas, muito vermelhas e delicadas, que se destacava do tom creme que lhe servia de base.

Olhava aquele ramo de rosas e me encantava. E me encantava mais quando sabia que, ao abrir aquela tampinha comprida, que deslizava pelos bordos da caixinha, sentiria aquele cheiro que nunca esqueceria, o cheiro do meu primeiro estojo escolar. E dentro dele, quietinhos, arrumadinhos, novinhos em folha, havia meia dúzia de lápis coloridos Johann Faber, uma lapiseira cromada, uma borracha bicolor, metade azul, metade vermelha, um apontador, uma régua. De tudo aquilo saía o tal cheiro que me tonteava de prazer.

Nada sabia o que fazer com aquilo mas bastava fechar e abrir o estojo para sentir aquele perfume diferente dos extratos que minha mãe usava, e que me enjoavam um pouco. Diferente sobretudo da brilhantina que o pai metia nos já ralos cabelos que lhe sobravam e que, uma tarde, num passeio que fizemos à Quinta da Boa Vista, ele cismou de lambuzar nos meus próprios cabelos e levei dias para ficar livre daquele cheiro que me deu — acredito — a primeira de uma comprida série de dores de cabeça que me aguardava no ofício de viver.

Ao longo do século que está acabando fui esquecendo de muita coisa que aconteceu com os outros e comigo. Mas nunca esqueci aquele cheiro, aqueles lápis coloridos Johann Faber, a borracha bicolor, a régua, o apontador, que lembro agora, era verde e um pouco transparente.

Corte no tempo e de repente tiro de um outro estojo, negro e molenga, sem cheiro nenhum, o primeiro notebook. Negro também. Nenhum ramo de rosas na tampa. Faço um esforço para desculpar a tecnologia de ponta, sim, não iriam perder tempo em mandar gravar na tampa dos engenhos eletrônicos uma coisa cafona e inútil. Em vez das rosas vermelhas, um nome cabalístico e impronunciável: IBM. O que seria isso? O que estaria dentro daquelas três letras que não faziam som nem podiam significar alguma coisa?

Abri a tampa. Sim, era afinal um estojo escolar superdotado, não tinha lápis Johann Faber nem apontador, muito menos borracha em duas cores. Tinha uma porção de teclas e comandos encimados por aquilo que minha filha me ensinou serem "ícones". De certa forma, era uma tentativa de compensar a falta da borracha, da régua, dos lápis e da lapiseira. Eu poderia escrever tudo o que quisesse ou que fosse aprendendo, vovô viu a ave, Ivo viu a uva — mudavam os instrumentos, a essência podia ser a mesma.

De qualquer forma, era preciso tomar cuidado. Ao contrário do meu primeiro estojo escolar, que nunca me pregou nenhuma peça, o estojo eletrônico é solerte, quando menos se espera ele emperra, recusa-se a obedecer ou, o que é pior, obedece errado, como aquele Hall-90 do filme de Stanley Kubrick que fez dois humanos viverem uma odisséia no espaço ao som da estridente música de Richard Strauss.

Bem, é por essas e outras que não soltarei foguetes para o novo século e, muito menos, para o novo milênio. Nem perco tempo em imaginar como serão os estojos escolares daqui a mil anos, quando a humanidade ingressar no quarto milênio. Aproveito a meu modo o que me resta de tempo. O Jardim de Infância está acabando, logo tocará a sineta e eu ainda nem comi o pão com queijo e goiabada que minha mãe me preparou para o recreio que não houve.

A história mais bonita

Se alguém conhece história mais bonita, que conte logo, diga adeus e vá se embora. A que eu conheço é antiga e faz hoje, mais ou menos, dois mil anos. Um homem humilde, noivo de uma jovem mais moça do que ele, sonha com um anjo que o avisa:

— Olhe, não esquenta a cabeça mas sua noiva vai ter um filho. Guenta as pontas, você não tem nada a ver com isso, fique na sua e deixa o resto por nossa conta.

Na mesma ocasião, outro anjo aparece à mulher — na realidade, uma menina de 15 anos — e lhe dá um recado equivalente:

— Não esquenta a cabeça mas você vai ter um filho...

A menina podia ter perguntado:

— Mas como? Estou prometida a um homem mais velho e ainda sou virgem!

— Fique na sua — diz o anjo —, você não entenderá o que está acontecendo mas é a vontade de Deus.

A menina-moça responde:

— Seja feita em mim a sua vontade.

Em silêncio (nenhum dos evangelhos registra uma só palavra pronunciada pelo carpinteiro José), ele nem comenta o fato com a mulher. Nove meses depois, numa gruta, cercados por um boi e um burro, nasce a criança. Ele protege a mulher e o filho que não é dele.

Sabendo que Herodes quer matar os recém-nascidos, toma a mulher e o menino, foge para o Egito.

Não tem uma ideia precisa do que está acontecendo com ele e com aquilo que poderia chamar de "sua família". Cumpre, sempre em silêncio, uma ordem misteriosa vinda de uma entidade na qual talvez nem acredite.

Tampouco a menina-moça compreende o que está se passando. Mais tarde, os pintores da Renascença encheriam o mundo com aquela cena banal, a moça com o seio de fora, amamentando a criança, o homem à distância, cuidando que os inimigos não se aproximassem.

Como disse no início, quem conhecer história mais bonita conte logo, diga adeus e vá se embora.

O mundo e o menino

Se me tivessem avisado a tempo, eu seria outro, outra seria minha vida, minhas cismas e ideias. Quando comecei a tomar conhecimento do mundo e das coisas, achava que tudo estava certo, tudo acontecia e existia em forma de eternidade. A chuva, a noite, o bonde Lins que vinha de 15 em 15 minutos, a leprosa que pedia esmolas, o seu Almeida que aos domingos vestia o pijama e ficava na calçada, dando e recebendo boas-noites de quem passava.

Tudo era inexorável, fatal. Comecei a desconfiar que havia alguma coisa de errado, quando conheci um sujeito imponente, que tinha um Ford-bigode e se chamava Leitão, Dr. Leitão, para ser completo.

Como? Leitão, leitão assado com maçã na boca, era a atração principal dos almoços que o pai promovia, quando um de nós fazia anos. Ou o animal estava errado ou errado era o doutor, doutor de não lembro o quê, acho que de medicina.

E sucessivamente fui conhecendo gente que se chamava Cordeiro, Carneiro, Leão, Leite, Café, Machado, Lima, Raposo, Passarinho, Pinto,

Coelho — todos estes nomes se embaralhavam dentro de mim. Descobri que não podia fazer fé nem nas palavras nem nos homens. Ou seja, não podia acreditar na ordem universal que eu julgara perfeita, irretocável.

Daí passei a descrer de tudo. Aos 10, 11 anos, adquiri a certeza de que até eu, solitário menino do Lins de Vasconcelos, poderia ter feito o mundo melhor, mais lógico.

E olha que naquele tempo eu não conhecia a economia, a política, a teoria dos quanta, as artes em geral. Meu universo era do tamanho e da profundidade da minha janela, da minha rua. Tudo estava certo ali e, se alguma coisa desse errado, o próprio erro ficava valendo como certeza absoluta das coisas.

Até o dia em que a menina me chamou para o porão da casa dela. Achei aquilo errado, mas fui. O mundo ficou mais complicado, mas também mais bonito.

Impressão e Acabamento:

Geográfica editora